クズがみるみるそれなりになる「カマタリさん式」モテ入門
「中野太一さん。キング・オブ・クズ
あなたの力を貸してくださいナ
日本の危機が迫っているのですヨ」
カマタリさん
中野太一
TAICHI NAKANO
東京飛鳥《あすか》学園《がくえん》高校二年生。
いわゆる「冴えないボク」

「で、このプレミアム・クズにいったい何の用だね？」
「先に申しましたとおり、我々の目的は曽我野三姉妹の攻略です。つまり、三姉妹の内ひとりと恋愛関係になっていただきたいのですヨ」

「レ……ン……アイ……？
ゴフッ……む、ムリだ……俺、ムリ……」
「どうしたのです！
その急激な気分の浮き沈みも
クズとして理想的ですが、
いったいどうしたのです！」

曽我野笑詩
EMISHI SOGANO
曽我野三姉妹の次女。東京飛鳥学園高校No.1美少女《ドリームガール》。
「まずは資料です。攻略ルートを決める際、参考にしてください」

「わたし、存在感の薄い人とか目に入んないんだよねー」
「体は細いのにほっぺたプニッと柔らかそうで……まあカワイイよね、写真で見る分には」
「中野、ありがとね」

曽我野入香
IRUKA SOGANO
曽我野三姉妹の三女。東京飛鳥学園中学二年生。
「次は三女の入香と長女の由真子ですすた。おおタイチさん、新しい髪型、なかなかすてきですヨ」
「上等だテメー。やってやんよ」

「メガネ……取ってください……」
「まあ二回目ですんなりクリアできてよかったよ」
曽我野由真子 YUMAKO SOGANO
曽我野三姉妹長女。甘檮学院《あまかしがくいん》大学二年生。

「うれしいです、タイチさん。本当にありがとうございます」

クズがみるみるそれなりになる「カマタリさん式」モテ入門

石川博品

ファミ通文庫

もくじ

口絵・本文イラスト／一真

Kamatari METHOD

第一部　クズながら

Q クズと呼ばれる俺ですが、
モテるようになりますか？（17歳・高校生）

Kamatari METHOD

1-1 教室で寝たフリするな

二〇一一年六月十二日の昼休みに俺《おれ》が教室の片隅《かたすみ》で寝たフリしてた理由……？

そこは察しろよ。

たとえば上野《うえの》動物園のビーバーとかいつ行っても寝てやがって顔もロクに見せねえけど、あいつらだって豊かな森の間を流れる大きな川の中にいればダム造りに大忙しで寝てるヒマなんかないはずだ。

つまりそういうことだよ。

ただ俺の場合、哀《あわ》れなビーバーちゃんたちとはちがってルーズベルト大統領がいた。

それはつまり、セオドアだかフランクリンだかのルーズベルトが「ニューディール政策やるぞー」っつって全米の無職を集めて「ダムとか造れー」っていったアレみたいに、俺には友情という名の公的資金をジャブジャブ注ぎこんでくれる奇特な友達がいたんだ。

「タイチ、サッカーしようぜ」

山背《やましろ》が教壇《きょうだん》の上から俺の名を呼んだ。

高一のときから同じクラスだとはいえ、どうしてこの男が俺なんかを友達あつかいしてくれているのかわからない。ふつうに友達いっぱいいるし、見た目もふつうにシュッとしている。

一方の俺はいわゆる「冴《さ》えないボク」ってやつだ。物語の主人公である「冴えないボク」の前にはある日突然「謎《なぞ》の美少女」が出現したりするものだけど、「いい友達」がやってくるってのはめずらしい。

山背はそのレアケースだった。

俺はこいつが好きだ。別にレアだからとかホモだからとかいうわけじゃなく、本当にいいやつだからだ。山背は俺みたいなぼっちに対しても、FFにあこがれてんのかって感じの髪した チャラ男《お》たちに対しても、汗くさい運動部の連中に対しても、分けへだてなく接してどこからも嫌われない。

きっと自然な愛嬌《あいきょう》ってのがあるんだろう。テンションが高いわけじゃないんだけど、あいつがいればふしぎと場が明るくなる。

人をイジるのでも、バカにするような感じじゃないんだ。みんなが笑うと、イジられた方は「笑われてる」って思わずに、一瞬だけクラスの人気者になったような錯覚《さっかく》におちいる。

ホンマ山背サイコーや！　謎《なぞ》の美少女なんかいらんかったんや！　つーか俺、謎の美少女とやらがいまさらノコノコやってきたとしても「女テメェ」っつって追いかえして謎のまま終わらせる自信があるね。

俺は眠たいどころか完全に覚醒《かくせい》していて、枕《まくら》代わりにした腕のすきまから教室の様子をうかがっていたのだが、そこですんなり起きあがったら寝たフリしてたのバレバレだから、

「あァ？」

なんて寝ボケてるっぽい声出して（実際、その日はじめてしゃべったから声ガラガラだった）、顔をあげると、

「おー、行くかー」

とかいって目をこすった。

廊下《ろうか》にはいっしょにサッカーをやる面子《めんつ》がそろっていて、山背と俺が加わるのを待っていた。ほかのクラスのやつもいる。どいつもシュッとしてて、「東京飛鳥学園《とうきょうあすかがくえん》高校二

年ドリームチーム」って感じのメンバーだった。俺なんか山背がいなかったら絶対仲間に入れない。

「今度の日曜にでもこのメンバーでどっか遊び行こうぜ」って誘われてホイホイついてっちゃって途中で山背が帰っちゃったりしたら、俺は「じゃあ俺も帰るわ」ともいいだせなくて、最後まで遊びつづけて翌朝冷たくなっているのを発見されていただろう。

誰《だれ》かがサッカーボールを床に突いた。俺はせかされているように感じて、席を立った。

「どこでやんの？」

とたずねると、山背は、

「屋上」

と答えて、手の中の針金《はりがね》を見せてきた。屋上につうじるドアの鍵《かぎ》をピッキングで開けるためのものだ。屋上に行くのは禁止されてるんだけど、山背には関係ない。こういうチョイ悪なところも山背の魅力《みりょく》なんだろう。俺なんかが同じことをやったらソッコーでチクられるに決まってる。それはもはや「差別」じゃない。「防犯」と呼ぶべきだ。

山背と二人で教室を出ようとすると、外のメンバーが道を空《あ》けてくれた。

そこで俺たちは、教室に入ってこようとしていた曽我野笑詩《そがのえみし》と鉢合《はちあ》わせになった。

「何やってんの？　中で何かあんの？」

曽我野はちょっと不機嫌そうな声でいって、まわりの男連中を眺めわたした。

さすがのドリームチームも「東京飛鳥学園高校No.1美少女《ドリームガール》」といわれる曽我野とまっすぐ目を合わせることはできず、照れたように顔を伏せてしまう。

みんな曽我野のことをカワイイカワイイいってるけど、俺はそうは思わない。いつも鏡見てるか携帯《けいたい》見てるかで何かバカっぽいし。

つか俺、曽我野の顔をちゃんと見たことがない。怖くて見れない。

前にこいつがほかのクラスの男子としゃべってて、

「わたし、存在感の薄《うす》い人とか目に入んないんだよねー」

といっているのを聞いたとき、俺は震《ふる》えたね、あまりの恐ろしさに。

寝たフリっていう、ある種安定した体勢を取っていなかったら、勢いあまって椅子《いす》から転げおちてたね。

あまりにカワイイので週一ペースで誰かしらに告《コク》られてるとか、街歩いてると五m間《かん》隔《かく》でスカウトされるとかうわさで聞く(寝たフリしてると意外とこういう情報って入ってくるんだ)。

それがホントかどうかは知らない。ただ、俺の目の届く範囲内での話をさせてもらえば、脚《あし》は超キレイ。スゲー長いし、ひざとか、赤ちゃんの肌《はだ》みたいにツルッツルで超キレイ。俺がもうちょい正直太郎《しょうじきたろう》だったら、「目に入んない」ってことばをうのみにして、色々アレしたあげく、「見つからないと思った」などと供述《きょうじゅつ》して取調室の刑事さんたちから失笑を買うはめになっていただろう。危ねえ危ねえ。

「いまからサッカーやるけど、おまえもやる？」

と山背が曽我野の目を見てふつうにいった。

ふつう誘うか？

さすがのドリームチームもこれには固まったね。俺なんか凝固《ぎょうこ》してたぶん体積ちょっと増えてたと思う。

「やっ、だっ、よ」

曽我野は鼻で笑いながら答えて、俺と山背のあいだを分けるようにして立ち去ったが、業界用語でいうところのザラマンではない様子で、俺はあらためて山背をリスペクトした。

山背にあって俺にないもの——それはズバリ山背そのものだ。つか山背を三人くらい連れてこないと俺という穴は埋《う》まんねーぜ。これって俺が逆にスゲーみたいな話になっちゃうけど、このときはマジでそう思った。

ウッチーや長友《ながとも》の活躍で草サッカーも変わった。

みんな前線からディフェンス・ラインまでを豊富な運動量でカバーしたがる。クソ暑いのに必死で走りまわってる。

俺みたいなゴール前に張っているタイプのストライカーにはなかなかボールがまわってこない。

別にハブにされてるわけじゃない。時代が悪いんだ、たぶん。

「いいボール来たら教えて」

相手のキーパーにそう声をかけ、俺はピッチをあとにした。

コンビニで売ってるサンドイッチみたいな形の天窓がゴールポスト代わりだった。それに寄りかかって座る。

真上からの日差しで屋上は煮《に》えくりかえっていた。上履《うわば》きの底が溶けかかってんのか、ペタペタ地面にくっついた。モヤモヤと陽炎《かげろう》が立っていて、俺がぬけたためにちょうど五人対五人になった試合が遠いできごとのように見えた。

そこへカマタリさんがやってきたんだ。

やっぱりあのとき上履きのゴム溶けてたと思う。彼女の足音もペタペタと聞こえた。

俺の第一印象は、

「うちの学校ってこんな髪の毛アリだっけ?」

ってことだった。

天窓の側《そば》に立ってる彼女は白い半袖《はんそで》シャツにリボン、プリーツスカートに紺《こん》ハイ

——ホントふつうの夏服を着ていた。だからうちの生徒だと思った。

だけど髪の色は――あれは何ていったらいいんだろう。全体的にプラチナブロンドをさらにキツく脱色したっぽい感じなんだけど、太陽の光に透けたところには青っぽい色がぼんやり浮かぶ。おでこの中ほどでパツンと切りそろえられた前髪の端がスプレーで染めたようにうっすら緑色になっていた。長さは肩につくくらいのセミロングだが、ところどころハネたりカールしたりしていて、ホントの長さがどれくらいなのか見当もつかない。

あ、こいつシャブ食ってんなって思った。

でなきゃ俺がさっき学食で食ったたぬきそばに幻覚剤《げんかくざい》が入ってたのかも。七味《しちみ》に大麻《たいま》の種が混じってることがあるってよくいうもんな。

そのシャブ食ってるっぽいパーソン（略してシャブP）が茶色い瞳《ひとみ》で俺の目をじっと見つめてきた。

俺も、そういうのをナマで見るのははじめてだったので、じっと見つめかえした。相手はすねてるみたいなアヒル口をしていた。

「中野太一《なかのたいち》さんですナ？」

しばらく見つめあったのちに彼女はいった。

「ああ、そうですけど」

俺が答えると彼女はほほえんだ。

「わたしはカマタリ・ナカトミーノ・ディ・ムラージといいます。カ、カマタリ、さんと呼んでください。あなたに会うため、西暦《せいれき》二六五五年からやってきました」

こりゃ尿《にょう》検査が必要だなって思った。

いってることがワケわかんねえ。大さじ二杯とか、かけつけ三杯とか、そんな単位でキメてるにちがいないぜ。

彼女はラリパッパなトークをつづけた。

「あなたの力を貸してくださいナ。日本の危機が迫《せま》っているのですヨ」

「日本の危機だと……？」

後出しみたいで恐縮だが、ま、それは俺も以前から感じていた。

次のW杯《ワールドカップ》予選は楽勝だって日本中が考えてるだろうけど、そんなんじゃ足すくわれるぜ。何が起こるかわからない、それがサッカーだから。

そこでザックも俺に目をつけたってわけだ。「加わるのはタイチ。

中野太一（代読：岡《おか》ちゃん）」

ってね。いいじゃないの。俺、やるよ。

ただ、さあ……俺を呼ぶにしてもそれなりのカタチってもんがあるでしょうが！　たとえば内容証明郵便とかさ。

こんな堕《お》ちた偶像《アイドル》よこされても、怖くてついていけねーよ。

「あの、俺、いまはこのチームの方に専念したいんで。すいません」

そういってオファー断ったら、やっこさん、話題を変えてきやがった。

「あなたのクラスに曽我野笑詩という女子がいますナ？」

「……はあ、いますけど」

「彼女には姉と妹がいます。その三姉妹がこの国に破滅《はめつ》をもたらすのですヨ！」

「へえ、そうなんスか」

俺のテンションは相手のそれと完全に反比例していた。「そういうことするようには見えなかったですけどねえ」

マスメディア向けのリップサービスをしておいて、俺はストライカーの仕事にもどろうとした。

だが相手はおしゃべりをやめない。

「いまから三十年ののち、曽我野笑詩は我が国初の女性総理大臣に指名されるのです」

「ハハッ、マジっすか」

あまりの電波っぷりに、俺はあいづちを打って話のつづきをうながした。レンホー先生の野望がいかにして潰《つい》えたのか、とくと聞かせてもらおうじゃねーか。

「彼女の夫となる人物は、三代つづく国会議員の一族に生まれ、のちに彼自身も衆議院議員となります。しかし任期途中で急死。その補欠選挙に出馬した笑詩は夫の地盤を引きついで当選。そこから順調にキャリアをつんで、ついにはあの悪名高いみんぽこ大連立政権を誕生させるのですヨ」

「何だその政党名」

「みん」と「こ」はなんとなくわかるけど、「ぽ」ってどういうことだ。ポケモン党？

「国民全員に幻《まぼろし》のポケモン配布」をマニフェストにすんのか？　バラマキにも限度があんだろ。

「笑詩の姉・由真子《ゆまこ》は笑詩の政治活動を資金面でバックアップします。彼女の夫となるのはアジア最大の財閥・UNEBIグループの総帥《そうすい》です」

「聞いたことねーな、そんな会社」

「そして妹の入香《いるか》――これは実態のよくわからない会社をたちあげ、やがて東スポ以外の新聞社、テレ東以外のテレビ局、チャンピオン以外の週刊少年漫画誌《まんがし》を手中に収め、メディア王として曽我野内閣《ないかく》支持の世論《せろん》を捏造《ねつぞう》するのですヨ」

「イカ娘《むすめ》の悪口はよせ」

メディア王とか気安くいってくれるぜ。そんなんリアルメディア王のバーダック氏が黙《だま》ってねーだろ。……あれ？　リーボックだったっけ？

「そして勃発《ぼっぱつ》する第三次世界大戦――」

「展開早っ」

「日本に宣戦布告《せんせんふこく》したのは、米露中印英仏独豪――」

「勝ち目ねーよ」

「我が国の同盟国《どうめいこく》はイタリアのみ――」

「またアイツらか」

「色々あって日本列島は消滅《しょうめつ》するのですヨ」

「ハァ？　消滅？」

「連合国軍の『無慈悲《むじひ》な鉄槌《てっつい》』作戦により、世界中のありとあらゆる爆弾《ばくだん》がたたきこまれ、日本は文字どおりこっぱみじんに……」

「おいおい、マジか……」

「その後、韓国が太平洋という呼称を『東海』に改めようとするも、全世界の反対を受けて失敗に終わります」

「まあ……そりゃそうだ」

味方のロングフィードが長すぎて目の前のゴールラインを割った。

俺は妄想少女《もうそうしょうじょ》の仮想戦記から現実へと復員した。

「信じていただけてないようですナ」

彼女はぴょんとジャンプして、バウンドしてきたボールを両手でつかんだ。

「うん。とりあえずそのストーリーをネットにアップして、みんなの感想を聞いてみたらいいんじゃない？　評判になれば書籍化の話とかも来ると思うし」

俺が限りなく現実的なアドバイスを贈ると、彼女はアヒル口をとがらせて「ウーン」とうなった。

「ではひとつ証拠をお見せしますかナ。未来の技術です」

彼女はボールを地面に置いて、三歩さがった。

「反重力装置というやつですヨ。この原始的なスポーツにおいて有効なものかどうかはわかりませんがナ」

彼女はスマートフォンのようなものをどこからか取りだし、いじくった。

の、よ、う、な、ものというのは、その画面が飛びでて見えたからだ。周囲からも3Dに見える液晶《えきしょう》が搭載《とうさい》されてる機種を俺は知らない。

「行きますヨ」

彼女はゆったりと助走をつけてボールを蹴《け》った。

通勤快速の電車を白線の外側で見送ってしまったときのような風が俺の体を襲《おそ》った。

ゴールキックってレベルじゃなかった。彼女の蹴ったボールはとんでもないスピードで飛んでいき、一直線に屋上の金網を越え、あっというまに彼方《かなた》の空へと消えていった。

彼女はベストキッドみたいな構えで立っていた。

「靴《くつ》、拾ってきてもらえますかナ？」

彼女は靴下だけになった右足の親指をワキワキ動かした。

「あ……はいっ」

俺はピッチの中央に転がっていた上履きを取りに走った。

もはやW杯に、いやサッカーというスポーツに何の興味も持てなくなっていた。あんな超人的キックを見たあとじゃ、クリロナとかメッシとか雑魚《ざこ》すぎて話にならない。

俺以外のフィールドプレーヤーも同じ気持ちだったろう。彼らはボールの飛んでった先を口あんぐり開けて見つめていたり、けんけんして靴を履いている少女に驚異の目を向けていたりした。

「スゲーな……」

隣《となり》のクラスのナントカくんがいった。山背を介《かい》してしかしゃべったことないから、名前がわからない。

「ああ、スゲー」

俺と同じクラスの三輪《みわ》がうなずいた。

「どうやったんだよ、カマタリさん」

「なんであんなに飛ぶんだよ」

「カマタリさん、アレか？　コナンくんか？」

別のナントカくんたちがこちらにかけよってきて、見ず知らずの少女をとりかこむ。

「イヤハヤ、力の加減をまちがえましたナ」

彼女がいうと、みんなどっと笑った。

頭がおかしくなりそうだった。

なぜみんなコイツの名前を知っている？　なぜコイツはすんなり溶けこんでいる？

チャイムが鳴った。屋上にいるせいかもしれないが、ボリュームがデカくて俺の耳にはゆがんで聞こえた。

「んじゃ、帰るか」

「ヤベー、あのボールどうする？」

「拾いに行くか？」

「いいよ。俺らのじゃねーし」

「そうですナ」

教室に引きあげていく男たちのうしろからついていく、ふしぎな髪の色した少女――マジでどうなってんだ？　この異常事態に俺以外の誰も気づいてないっていうのか？

俺の心を読んだかのように少女はふりかえった。

「未来から来たわたしがこの時代に存在しつづけるために、あなたのクラスメイトをひとり、時空のはざまに放りこませていただきました。彼に関する記録や記憶をわたしのそれが上書きしているかっこうですナ」

「あァ？　おまえ何いって……あっ、いねえ！　山背……山背がいねえ！」

五人のチームと六人のチーム――合計十一人で屋上に来ていたはずの俺たちはいま、自称未来人の女子を加えても十一人のままだった。

俺の唯一《ゆいいつ》の友人にしてみんなの人気者・山背の姿はどこにもなかった。

「サア、行きましょう」

新たなボクらの人気者・カマタリさんはニヤリと笑って俺を手招いた。「二人で力を合わせて曽我野三姉妹を攻略するのです。腕が鳴りますナ」

Kamatari METHOD 1-2 ムリというからムリになる

クラスの連中、「カマタリさん」「カマタリさん」ってふつうに話しかけるけど、ちっとは疑問に思わないもんかね。昼休みにいきなりやってきた謎《なぞ》の人物を、すんなり受けいれてやんの。

イヤだねー、洗脳されてるやつらって。

どうせアイツら、四月からこの教室にいる俺《おれ》のフルネームさえいえないバカなんだぜ。

五時間目の先生が来る前に、山背《やましろ》の友達が、

「カマタリさん、コレありがと」

っていってヤンジャンを手渡した。

「ア、ハイハイ」

といってカマタリさんはそれを受けとる。

そのヤンジャン、山背が朝買ってきてそいつに貸してたやつなんだけど……。

で、それを授業中にこっそり読んでて、

「コラ、カマタリさん、授業中だぞ」

って先生に怒られてる。カマタリさんは、

「ア、すいませんナ」

なんていって、別にこたえた様子も見せない。

いやいや、そうじゃねえだろう、と。

山背の席に知らないやつが座ってることに疑問を持てよ、と。

そこは「山背を返せ！」が正解だろうが、先生よォ。

つか「カマタリさん」って何だよ。生徒にさんづけかよ。ことばづかい丁寧系《ていねいけい》のボスキャラになったつもりかよ。

山背を時空のはざまにホりこんでそのポジションをのっとったカマタリさんは、俺といっしょに下校する。いつも山背がしていたように。

ほかの友達とかともツルんで電車に乗って、JRに乗りかえ、さらに別の私鉄を使って家に帰るわけだが、そのあいだにひとり別れ二人別れ、最終的に彼女と二人きりになった。昨日まで山背とそうなっていたようにだ。

そこそこ混んだ下りの急行列車内で吊り革《かわ》につかまり、並んで立った。窓の向こうの空は全然明るくて、夕立の気配もなかった。

「山背は……いったいどうなったんだ？」

俺は車窓を眺めながら、ずっと気になっていたことをたずねた。

マジで山背が消えたのか、それとも俺の何かが失調しちゃってるのかは知らんが、とにかくカギを握ってるのは隣《となり》にいる少女だ。彼女が現れてからおかしなことが起こりはじめた。

彼女は週刊誌の中吊り広告に向けていた目をキョロリと俺に向けた。若干《じゃっかん》寄り目ぎみで、とぼけた印象を受ける。

「ご心配なく。命に別状はありませんヨ。ちょっと考えたり感じたり笑ったり泣いたりできなくなっているだけです。目的を達したアカツキには元にもどしますからシテ」

「人質ってことかよ……」

俺がいうと、彼女はわずかに目を見ひらいた。

「そのいい方は誤りですナ。ムリに協力を要請《ようせい》するつもりはありません。タイチさんの良心に訴えかけているだけですからシテ」

「俺は……俺は協力なんてしねえ！」

気持ちがたかぶるあまり、意図していた以上に声が大きくなった。「見くびるなよ！親友の自由を奪ったくらいでこの俺を思いどおりにできると思ったら大まちがいだぜ！」

車内に響いた大声に、携帯《けいたい》いじったり居眠りしたりしてた乗客が顔をあげた。

カマタリさんは「オオ」とため息に似た声を漏《も》らした。

「その発言、すばらしい……。まさにキング・オブ・クズですナ。我々の目に狂いはありませんでした」

「キング・オブ・クズ……？」

ちょっとほめられたっぽい感じなので拍子《ひょうし》ぬけした。「俺、キングなの？」

「ハイ。人間のクズの見本みたいな方です」

「人間のクズ……」

「ハイ。わたしの暮らす二十七世紀ならば遺伝子《いでんし》治療《ちりょう》の対象となるレベルのクズ、いや、あまりにクズすぎるので資料として冷凍《れいとう》保存されるほどの——」

「もういい。やめろ」

そっか……俺、人間のクズだったんだ。

友達できないなーとか、彼女できないなーとか思ってたけど、それって人間のクズだからなんだ。

顔とかたぶん中の上くらいだし、誰か話しかけてくれさえすればそこらへんの芸人とかよりおもしろい受け答えする自信あるし、バカっぽく見えるけど実はアニメやマンガに造詣《ぞうけい》が深いっていう一面もあったりするのにどうしてモテないのかなーって思ってたけど、人間のクズだからだ。

「なるほど。で、このプレミアム・クズにいったい何の用だね？」

「オオ、その底知れぬ煽《あお》り耐性！　まさしくクズ・モンスター！」

カマタリさんは手に汗握るといったかっこうで、こぶしを胸の前でぐっと固めた。「どうやら力を貸していただけるようですナ。先に申しましたとおり、我々の目的は曽我野《そがの》三姉妹の攻略です」

「攻略ゥ……？」

俺は曽我野笑詩《えみし》の姿を脳裏に描いた。

アイツけっこう背ェ高かったな……。気も強そうだし。

「ケンカには自信がないな。不意討ちとかなら大ケガ負わせることも可能だが、ま、使用する武器による、とだけいっておこう」

「その完全なるクズ意見は拝聴《はいちょう》に値《あたい》しますが、そういう攻略ではないのでシテ。つまり、三姉妹の内ひとりと恋愛《れんあい》関係になっていただきたいのですヨ」

「レ……ン……アイ……？」

ボキャブラリーの間隙《かんげき》を突《つ》かれて、心臓に刺すような痛みが走った。「ゴフッ……む、ムリだ……俺、ムリ……」

吊り革に手首でぶらさがる俺をカマタリさんはつかんで揺すった。

「どうしたのです！　その急激な気分の浮《う》き沈《しず》みもクズとして理想的ですが、いったいどうしたのです！」

「恋愛とか……ムリ……」

「ムリではありません。このわたしが手助けしますからナ」

「だって曽我野笑詩とか『存在感ない人見えなーい』とかいっちゃってんだぜ？　そんなのが俺とつきあうわけねーでしょ」

「だいじょうぶですヨ。本当に見えていないわけではありません。それは単にあなたのような暗くてクサくて画的《えてき》にキッイ3K生物と関わりあいになりたくないという意思表示をしているだけなのでシテ、だいじょうぶですヨ」

「うん、そりゃそうだ。いっそ殺せよ」

吊り革にひっかけている手首の先から血の気が引いてきているのをひやりと感じた。

「あなたはこの時代でもっとも適任なのですがナ」

「はァ？　意味わかんねーよ。曽我野とつきあうとかなら、クズじゃねーやつ選べよ。なんで俺なんだよ」

俺がいうと、カマタリさんはチッチッチと舌《した》を鳴らして、人差し指を左右に振ってみせた。

「あなたしかいませんよ。結婚、いや、たった数日の交際であっても、関係を持つことによって女性が大きなハンデを負うことになる——そんな存在はあなたしかいません。ヤツらの社会的地位・名声・信用を失墜《しっつい》させるには、あなたに手を出させるのが一番です」

「人をドラッグみたいにいうな」

カマタリさんはあごに手を添え、首をかしげた。

「フーム、どうしてもご協力いただけませんか」

「当たり前だ」

「そうですか。それでは仕方ありませんナ。この話はなかったということで」

あまりにあっさり引きさがるので俺はちょっと驚いて、吊り革からぶらさがる体をぶらりと揺らした。

「え、いいの？」

「ハイ。強制するわけにはいきませんからナ。あなたの良心が拒否するというのなら、我々はそれを尊重《そんちょう》します」

そういうと彼女はふりかえり、俺に背中を向けた。

吊り革にぶらさがり股《また》をひろげ「人」という漢字の起源に近づきつつある俺を携帯の

カメラでパチリとやろうとしていた大学生ふうの男のその携帯を、彼女は目にも止まらぬ速さでかすめとった。

「しかし、ひとつだけ条件があります。わたしと出会ってからの記憶をあなたの脳から取りのぞき、時空のはざまに廃棄《はいき》させていただきます」

昼休みに見た謎の端末《たんまつ》が彼女の手にあった。そこから発せられた緑色の光線が当たると、大学生ふうの男の携帯は一度ぼうっと輝き、やがて粒子《りゅうし》に還元《かんげん》されてくみたいに消えた。

「記憶を消去する際にそれ以外の記憶も一時間から十年という単位で消えてしまうことがあります。ご了承《りょうしょう》くださいナ」

「ご了承できねーよ！　誤差デカすぎんだろ！」

それならひと思いに動物かクルクルパーにしちゃってほしい。

カマタリさんは無邪気《むじゃき》な笑みを浮かべた。

「では協力してくださるのですナ」

「しょうがねーだろ！　そんなヤクザなやり方、断れねーよ！」

「ヤクザではありませんヨ。ちゃんとした政府の機関です。ただし曽我野三姉妹の父親は実業家の皮をかぶったヤクザですがナ」

「もうヤダァー」

俺の悲鳴と非情なカマタリさんと携帯を時空のはざまに放りこまれて涙目の大学生ふうクンを乗せて急行列車は走り、各停オンリーの駅を置きざりにする。時空のはざまに置きざりにされた山背はいつまでも俺とともにいる。でも時空のはざまってどんなだかわからんから、やっぱり俺とともにはいないかもしれない。R．I．P．

急行で三つめの駅の三つ隣が俺んちの最寄り駅で、俺が降りるとカマタリさんもついてきた。

たまたま帰る方向がいっしょだったってこともないだろうし、まあそんなとこだろうと思っていたので、俺はあえてリアクションを取らず改札口をとおりぬけた。

駅に隣接《りんせつ》する踏切はいつもなかなか開かない。カマタリさんがキレて時空間ワープするとかありえるぞと思い身構えていたが、彼女は遮断機《しゃだんき》があがるのをお行儀《ぎょうぎ》よく待っていた。

「カマタリさんって……何て名前だったっけ、フルネーム」

間を持たせるために俺がたずねると、彼女は交互に明滅《めいめつ》する赤いランプからこちらに視線を移した。

「カマタリ・ナカトミーノ・ディ・ムラージです」

「めずらしい名前だよね。未来じゃみんなそうなの？」

「イタリア系なものでシテ」

「あ、そうなんだ」

さっきもひょんなところでイタリアが顔を出したような気がする。「カマタリ、っていうのはイタリア語？」

「ウーン、イタリア語といいますか日本語といいますか……この時代の一般的な表現でいえば、キラキラネームというやつですナ」

「一般的じゃねーし。二十一世紀ナメんな」

警報機の音がやみ、遮断機が一度かくんと揺れてから持ちあがった。それを見てカマタリさんは「オオ」と声をあげた。

「この古風な踏切には風情《ふぜい》がありますナ」

「未来にはこういうのないの？」

「博物館でしか見られませんナ」

彼女は路面の溝《みぞ》になった線路を飛びはねるようにしてまたいでいく。

「ちょっと待って……それは未来の日本でってこと？」

「そうですヨ」

「あれ？　でもさっき、日本列島こっぱみじんになったっていってなかった？」

俺のことばに、カマタリさんはバレリーナみたく爪先《つまさき》でターンしてふりかえった。

「いまの列島とほぼ同じ位置に人工浮島《メガフロート》を建造したのですヨ。とても長い年月を要しましたがナ。二十七世紀の日本は海上都市群からなる企業連合国家なのです」

「……マジかよ。SFの世界だな。『アップルシード』っぽい」

「オオ、士郎正宗《しろうまさむね》『アップルシード』！　ライブラリで読みましたヨ。刊本《ジツブツ》は現存していませんがナ」

「俺アレ好きなんだ。映画も観に行ったけど、原作はもう何十回と読みかえしたね。でもつづきがなかなか出なくてさー。最後に単行本出たのが一九八九年——俺の生まれる前だからなー」

「五巻、もうすぐ出ますヨ」

カマタリさんの何気《なにげ》ないひとことは、俺にとって衝撃的なオコトバだった。

「え？　出んの？　マジで？　ほかの人が描くとかじゃなくて？」

「ハイ。士郎正宗本人が描きますヨ」

「マジか！　いつ？　いつ出んの？」

「二十二世紀初頭ですヨ」

「そっかー、二十二世紀かー。SFだなー。スゲー楽しみ」

俺の胸は期待でいっぱいになった。デュナンとブリアレオスに早く会いたいな！　五巻はそれこそ海上都市《ポセイドン》が舞台になるんだっけ……。

あ、二十二世紀って数えてみたら九十年後だ……。士郎先生、義体化確定だな。

「あー、ＳＦ魂《だましい》に火がついた。カマタリさんが未来人だって話、俺信じるよ」

「ようやくですか」

カマタリさんはため息をついた。「単純かと思いきや、意外とメンドクサイ人ですナ」

そこから二十七世紀の科学技術についてききだそうと奮闘《ふんとう》するもカマタリさんにたくみにかわされている内に、商店街をぬけ、住宅街に入った。

静かなのがとりえの、何の変哲《へんてつ》もない街だが、生まれ育った場所だから愛着がある。

顔見知りのおばあちゃんとすれちがって、「おかえりなさい」と声をかけられる。道いっぱいにひろがって騒いでいる小学生たちに「車来てっから端《はし》っこ寄れ」と注意すると、「はーい」といい返事が返ってくるが、きっと俺が見えなくなったら元《もと》の木阿弥《もくあみ》だろう。

「タイチさん、学校と地元とではまるで表情がちがいますナ」

ぽこぽことカバンを蹴《け》りながらカマタリさんがいう。

「そうかな」

「ハイ。学校にいるときは追徴課税《ついちょうかぜい》を死ぬほど食らったようなシブい顔をしていましたヨ」

「うるせーよ」

俺が舌打ちすると、カマタリさんは「フフッ」と笑った。

「タイチさんはこの街が好きなのですナ」

「あァ？」

この街が好きとか、スゲー恥《は》ずかしい表現だ。「まあ……きらいじゃないけど。とりあえず平和だしな。それと、人のつながりもあるし。そういうのってやっぱ大事だろ」

カマタリさんがうなずき、ほほえむ。

「やっぱりタイチさん、いい顔してますヨ」

「そう？」

「わたしは、そういうところが好きで、タイチさんのもとに来たのです」

えっ……？

好きって……。

えっ、そういうこと？　時を越えて会いに来ちゃったの？

ゆってよー、先にさァ。ヘンなやつだなんて思っちゃったのは俺が悪かったからさぁ。

正直、カマタリさんってカワイイよね。イタリア系っていってたから、ハーフなのかな？　街を歩いてたら人目を集めちゃうレベルの美人だよね。髪の色とかはヘンだけど。

「わたし、二十一世紀のマンガやアニメで観た、何の変哲もない住宅街が大好きなのですヨ。イヤア、ここに来られて本当に幸せです」

カマタリさんは謎の非ガラパゴス端末を周囲の街並みに向けた。どうやら撮影しているらしい。

好きなのは俺じゃなくて街の方かよ。

……まあ、期待した俺がバカだったよね。

自宅に着いたが、カマタリさんは依然《いぜん》として俺の側《そば》を離れない。

ここでさっきの期待が再燃した。

カマタリさん、ひょっとして俺の部屋で居候《いそうろう》するつもりなんじゃねーのか？　だって未来とかから来るやつって大体そうじゃん、ドラちゃんを筆頭に。ヤベー、いまクローゼットいっぱいだわ。カマタリさんが寝るスペースあるかなあ――なんて考えていると、彼女は俺の家の前を通過してお隣《となり》さんちへ。

「これがわたしの仮住まいです」

「そこ、物部《もののべ》さんちだけど？」

「物部氏とそのご家族は引っ越していかれましたヨ」

「え……でも朝見たとき、ふつうにしてたけどなあ」

「急な転勤ですナ。物部氏の勤める会社が社運をかけていた一大プロジェクト――ソイツをわたしが時空のはざまに放りこんだのでシテ」

「時空のはざまパネェな」

鬼畜《きちく》な所業には似つかわしからぬ軽やかな歩みでカマタリさんは隣家の扉《とびら》の前に立ち、

例の端末を取りだした。それをサッとかざすと、扉は音もなくスライドして開いた。

何ということでしょう。未来の技術でリフォームしやがった。中も何されてるかわからんなコレ。

「ではまた。チャオ」

ウィンクして家の中に消えるカマタリさんを見て俺は、あ、イタリアっぽいって思った。


家に入って玄関で靴《くつ》を脱いでいると、居間から母が顔を出した。

「あ、タイチ。おかえりー」

「ういー」

と俺は気のぬけた返事をする。

「隣の物部さんがねー、急な転勤で――」

「あー、知ってる」

俺は適当に答えて二階にあがった。本当の事情を話しても信じてもらえないだろう。

自分の部屋に入ろうとしたら、隣の部屋のドアが開いた。

弟の大海《ひろみ》が顔をのぞかせていた。

「あ、タイチ兄《に》ィ」

「おー、帰ってたのか」

「今日は部活ないから」

「ああ、そうだったっけ」

弟は中学二年生だ。俺の高校の付属校である東京飛鳥学園中《とうきょうあすかがくえん》にかよっている。兄としてのひいき目かもしれないが、いまどきめずらしく素直でいい子だし、顔もかわいい。スポーツマンで、バスケ部に所属している。やはり女の子にも好かれるらしく、今年のバレンタインには学校でチョコを十個以上もらってきた。

兄より優《すぐ》れた弟など存在しない――そういいはなった人がいたそうだが、すくなくとも俺たち兄弟には当てはまらない。

「タイチ兄ィ、知ってる？　隣の物部さんがさ――」

「ああ、聞いた」

俺は同じ制服を着た弟の肩にそっと手を置いた。「ヒロミ……俺のようなクズにはなるなよ」

「え？　何？」

狐《きつね》につままれたような顔をしている弟を残して俺は自室の扉を閉めた。

さて今日一日のふしぎなできごとをどのように総括《そうかつ》しようかと、いつものようにパソコンの電源を入れてＵＫパンクの名曲たちをシームレスでガンガンに流しながら床にどつかと腰をおろして片膝《かたひざ》を立て、もう片方の脚《あし》を何の作意もなく宙に投げだすことで「無」を表現し、右手で天を、左手でおのが陰部《いんぶ》を指す、完全無欠のポコチン・ヨーガの構えで瞑想《めいそう》にふけっていると、玄関のチャイムが鳴って、まあ予想はしていたのだが、カマタリさんがやってきた。

「隣に越してきました、カマタリです」

応対に出た母にそう挨拶《あいさつ》し、ご丁寧に菓子折《かしお》りなど持ってきやがって、時空のはざまに放りこまれた俺の友人＝山背のポジションを受けついでいるものだから、母も自然に彼女を家にあげ、

「タイチー、カマタリさんよー」

などと階下から呼ばわる。二階にいても玄関で何が起こっているかなんて丸聞こえなのに、母は毎回でかい声で報告してくる。

部屋の外に出ると、弟も様子を見に部屋から出てきていたので、追い返す。俺のかわいい弟を未来から来たあのバカに関わらせたくない。

「すてきなお住まいですナ」

とカマタリさんは俺の顔を見て、気のない口調でいった。タンクトップにジーンズというかっこうで、この時代の女子と変わったところはない。

「隣といっしょだろ。この並び、全部同じところが建てたんだから」

彼女は俺のことばが聞こえているんだかいないんだか、何の反応も示さず、室内を見わたし、クンクンと鼻を鳴らした。

「タイチさん、この部屋……アロマオイルとまちがえてナンプラーを焚《た》いてしまったのですかナ?」

「どんだけ生グセェんだ俺の部屋」

俺はキャスターつきの椅子《いす》に腰かけた。「つーか何しに来たんだよ」

カマタリさんは床に座りこみ、積んであるマンガを手に取ってパラパラとめくった。

俺のいるところからは彼女の背中が見えた。彼女の着ているタンクトップは一見ふつうだったが、背中側がぱっくり大胆《だいたん》に開いていた。当然そこにはブラ紐《ひも》などという無粋《ぶすい》なものはない。てことは……ノーブラ?

未来ってスゲーな。まあ、昔の人が現代に来たら「半袖《はんそで》とか、まことでござるか!」ってなるだろうから、それと同じか。

「曽我野三姉妹を攻略するための便利グッズを持ってきました」

そういって彼女がジーンズのポケットから取りだしたのは真《ま》っ赤《か》なビニール包装《ほうそう》の施《ほどこ》された魚肉ソーセージ的シロモノだった。

「何それ?」

「これは一種のセーブポイントを作るための道具です。時空のはざまに埋《う》めこんで使います」

彼女は赤い袋を破った。「タイチさんが取りかえしのつかないミスを犯した場合、セットしておいた時間と場所まで瞬時にもどしてくれるスグレモノです」

「マジか! それこそ俺の人生に欠けていたものだ!」

俺の反応を見てカマタリさんはほくそえんだ。

彼女が袋からひっぱりだしたのは、やっぱり魚肉ソーセージみたいな形の、つるんとしてぷるぷるしたスティックだった。

「たとえばタイチさんが三姉妹の誰かにこっぴどくフラれたり、クソブタ呼ばわりされたり、一一〇番されてブタ箱にブチこまれたりしたとします。そんなときはオートロード機能によって何度でもやりなおすことができますヨ」

「やりなおしたくねーよ、ンなモン。無間地獄《むげんじごく》かよ」

彼女は「フフッ」と笑って立ちあがった。

「ではこれをセットしましょう。さあごいっしょに」

「俺もやるの?」

「セットした人間だけがセーブポイントにもどれるのですヨ」

彼女は魚肉ソーセージをさしだした。

「どうすりゃいいんだ？」

「端を持ってくださいナ。生体認証してくれますからシテ」

いわれて俺は太っちょソーセージをこわごわつまんだ。

「こう？」

「そうです」

隣に立つ彼女の胸元をチラリとのぞくと、かなりきわどいところまで見えた。

俺のソーセージちゃんがちょっと元気になった。

「次にこれを水平に保持して、時空のはざまに押しこみます」

彼女といっしょにソーセージちゃん（俺に付属してない方）をつっと前方に突きだすと、見えない穴に入っていったかのように先っぽが消えた。

「うおっ、これが時空のはざまか！」

「そうです。そのままゆっくり入れていきます」

「うわ感触キモイ。若干押しもどされてない？」

「かまわず押してくださいナ。特大の座薬を入れるイメージで」

「イメージできねーよ。どんだけ寛大《かんだい》なアヌスだ」

すっかり意気消沈《いきしょうちん》した俺のアレを残して肉棒はヌポリと消滅した。

カマタリさんは指先だけで小さく拍手した。

「二人の手によるはじめての共同作業が無事に終わりました。マ、最初で最後にしたいものですがナ」

「え？　手ェ貸してくれるんじゃないの？」

俺がいうとカマタリさんは思いだし笑いをこらえるみたいに、唇をひきむすんで震《ふる》わせた。

「わたしも忙しい身でシテ。国立国会ライブラリから二十一世紀のレアなオタ文献《ぶんけん》を資料として全力で購入してくるよう依頼《いらい》されているのです。ですから早く隣に帰って、とらにメロン、ＺＩＮやだらけなどの通販サイトをチェックしなくては――」

「けっこうなご身分だな」

俺のイヤミを押しかえすかのように、カマタリさんはボディタッチしてきた。

「マアマア。学校にはいっしょに行きますからシテ。それに何かトラブルがあっても、このセーブポイントにもどってくれば必ず会えますからナ」

俺は納得いかなかったが、彼女はマジで忙しいらしく、いそいそと立ちあがり、

「ではまた明日。ちゃお」

といって去った。

あ、今度は日本っぽいって思った。

Kamatari METHOD

1-3 やり直しの利かないことはない

F●ck! マジふざけんな!

悟《さと》っちまった。俺《おれ》、ベッドの中で悟っちまったよ——パンクは朝の音楽だってね。

テクノ系とかヒップホップとかは夜っぽい。ほかのジャンルは知らねえ。興味ねーし。

J-POPとかは、どうせコンビニとかで流れてるんだろうから、時間関係ねーだろ。

パンクは朝。

リアル・パンクスはみんな労働者階級《ワーキング・クラス》だから、仕事行くために朝早く起きんの。それがパンク。

もしくは貧乏《びんぼう》だから腹減って目がさめちゃう。それもパンク。

そして俺もまたリアル・パンクス。「タイチー、カマタリさん迎えに来てるよー」じゃねーよ、カーチャン! 追いかえせよ! そいつ友達でも幼なじみでもねーから!

「ごめんねー、あの子まだ寝てるのよ。カマタリさん、起こしてきてくれない?」

「お断りします。あの部屋、腐乱《ふらん》死体みたいなにおいがしますからシテ」

玄関での会話も丸聞こえだから！　部屋のドア閉めてけよ！

マジでストレスたまる。

たぶんリアル・パンクスの条件として「カーチャンと同居してる」ってのがあると思うわ。でなきゃ本当の怒りや憎《にく》しみなんて表現できないもんな。シド・ヴィシャスが死んだときも、発見したのは確かカーチャンだったし……何かあるよ、カーチャンには。

だいたい朝迎えに来られるのとか嫌なんだよ。トラウマなんだよ。

「タイチー、○○くんたち来てくれたわよー」って中学校のときさんざん聞かされた。

「今日も学校休むの？　○○くんたち、せっかく来てくれたのに」ってカーチャン、そいつら友達じゃねーから！　**担任にいわれて来てるだけだから！**　○○くんたちの微妙な表情見てみろよ！

あー、マジ俺、人生で一番トガッてたころの自分にもどりかけてる——保健室で課題のプリントの裏に「学校は燃えているか」っていうオリジナル曲の歌詞を書きなぐってた、あのころの俺に。

あのころの鋭《するど》さといまの知性が組みあわさったらマジでヤバイよ。曽我野《そがの》三姉妹とか関係なく、日本吹きとぶよ。

別に理由もなく「行きたくねー」っていってるわけじゃない。

学校が勉強だけする場所だったら問題ないんだ。世界には勉強したくてもできない子どもがたくさんいるっていうけど、そういうの聞くと俺だって勉強しなきゃなって思う。

でもいま俺、勉強と全然関係ない使命を負わされてるんだよ。こんなの絶対おかしいって。

昨日帰りぎわにカマタリさんが、

「おっと、忘れるところでした」

といって俺に写真をくれた。Ａ４サイズで、ものすごく高画質なやつを。

「これは資料です。攻略ルートを決める際、参考にしてくださいナ」

「攻略ルートって……」

まず目に飛びこんできたのは曽我野笑詩《えみし》の顔だった。ほぼ原寸大ってくらいの大きな写真だ。

肌《はだ》がつるつるなのと髪がサラサラなのがはっきり確認できる。

体は細いのにほっぺたプニッと柔らかそうで……まあカワイイよね、写真で見る分には。

「そしてこれが全身写真ですナ」

カマタリさんから手渡されたのは、制服着てる曽我野笑詩の頭の先から爪先《つまさき》までが収まった写真だった。手を背中の方にまわし、見てるこちらをからかっているかのようなふくみ笑いを浮かべている。

つかコレいつ撮ったんだ？

「次が妹の曽我野入香《いるか》ですナ。まずはバスト・アップから」

これがまあ、ひとことでいっちゃうと、絶世の美少女だった。

姉の笑詩にちょっと似てるけど、素朴《そぼく》な感じで、俺はこっちの方が好みかもしれない。

「この子、中学生？」

「そうですヨ」

カマタリさんはうなずき、入香ちゃんの全身をとらえたお写真を俺にくださった。

「あれ？　この制服、うちの中学のじゃん」

見慣れた制服だが、入香ちゃんが着るとカワイイ。

微妙にサイズ合ってない感じもカワイ～イ（**「てじなーにゃ」**と同じアクセントで）。

「よかったですナ、接点があって」

「いや、ないけどな」

中学と高校は同じ敷地内にあるけど、交流なんてほとんどない。中学の校舎にこっちから出向いてもいいけど、ヤンチャな坊主《ぼうず》どもに「先輩、ちょっとイイッスか?」って感じでからまれそうで怖い。

あいつら年上ボコればレアアイテムをゲットできるくらいに考えてるからな。モンハンじゃねーんだぞ、まったく……。

「最後が長女の曽我野由真子《ゆまこ》。大学生です」

いままでのとはちがう系統の美人だった。

三人の中で一番髪が短くて、一番地味で、黒縁《くろぶち》のメガネかけてて――スゲー清楚《せいそ》。さすが女子大生。

しかも着ているシャツのふくらみ――この写真、惜しいとこで切れちゃってるなあ。みんなが幸せになれるタイプのバスト・アップ写真を至急頼む!

「これが全身図ですナ。ちなみに八十八のFです」

「八十八のFゥ?」

俺はカマタリさんから写真をひったくり、その清楚な顔立ちからは想像もつかない由真子さんのゴージャスゴックンボディをとくと眺めた。

「うーむ、八十八のF……。マジで八十八のFなのか……」

カマタリさんがいぶかしげに俺の顔をのぞきこんだ。

「ハイ、八十八のFです。この写真は資料番号八十八のFですが、それが何か？」

「そんなキモチいい資料番号つけてんじゃねーよ！」

　俺は思わず本気で怒鳴《どな》ってしまった。

　カマタリさんは目をパチクリさせた。

「ハテ……資料番号がキモチいい？　これは非常に興味深いですナ。脳神経に異常をきたしているのかもしれません。さっそくテストしてみましょう。いまから一〇〇〇個の数字を映しだします。その中であなたがキモチいいと感じるものには指でマルを、キモチよくないと感じるものには指でバツを――」

　そうやって、わけのわからん大量の数字をキモチいい／よくないで分類させられて思考能力がマヒしてしまった俺は、

「で、誰《だれ》から行きますかナ？」

　とカマタリさんにきかれて、

「あ、じゃあ二女の笑詩がキモチいいです」

　と頭カラッポのまま答えてしまった。

　まあ、学校に行けば嫌でも顔を合わせるんだから、この選択は自然だろう。ほかの二人は写真見るまで顔も知らなかったんだしな。

　でも、いざ登校する段になると自然にはいかなかった。

乗っているのはいつもの電車なのに、胸がドキドキして、手に汗かいて、のどが渇いて——完全にアガってしまっていた。

「ゥゥ……自然に……あくまでも自然に話しかける……ふつうに声をかける……でも……ゥゥ……話したことない……ゥゥ……曽我野、きっと俺を見て笑う……女タチ、笑ゥ……ゥゥ……女……ゥゥ」

「かなりタカブっているようですナ」

電車のドアに背中を預けて俺と向きあうカマタリさんは満足げにうなずいた。「いかにも発情中という感じで、とてもいいですヨ」

俺はもう気分が悪くなり、手すりにつかまって立っているのがやっとだったというのに、カマタリさんはそんな俺を見てゆかいそうに笑っているので、やっぱ朝のお迎えってこういうのじゃねーんだよなあって思った。

家を出てからずっと高まりつづけていた緊張感《きんちょうかん》は、校門が見えてきたとき、ピークに達した。

俺がいつも使う通用門はトラックが一台とおれるくらいの幅しかない小さなものだったが、いまの俺の目には地獄《じごく》の門みたいに映った。

「ゥゥ……やれる、絶対やれる」

とつぶやき、自分を鼓舞《こぶ》する。

「何をそんなに怖がっているのですかナ。朝の挨拶《あいさつ》をするだけですヨ」

カマタリさんはこともなげにいう。

「いや、こういう中途半端な知りあいってのが一番気まずいんだって。顔は知ってるけど話したことはないとかさ」

「そんなものですかナ」

カマタリさんはそういってあくびを噛《か》みころす。未来人って対人ストレスとかねーのかな。それともコイツの性格か？

よく「クヨクヨするな」とか「ポジティブ思考で人生が変わる！」とかいってるヤツいるけど、アレ基本的に本人がクヨクヨしなくてポジティブな性格だってだけだからなあ。でなきゃテメーのそんな思想を恥《は》ずかしげもなく他人に押しつけたりできるわけがない。

俺はクヨクヨウジウジしてるしかない。これが俺の性格だからな。

「タイチさん、これを見てくださいナ。二十七世紀のニュース・ムービーです」

彼女の端末《たんまつ》から3D映像が映しだされた。小学校の教室だろうか。チビッコたちが机《つくえ》に向かっている。

「何だよコレ」

「二十七世紀の日本は国力が低下しているため、小学生に満足な給食を与えることもできないのですヨ」

「あァ？　マジかよ……」

よく見りゃ、チビッコたちの顔はどこか悲しげだ。

「タイチさんが曽我野三姉妹を攻略し、日本の危機を未然に防いだアカツキには、彼らもおなかいっぱいランチを食べられるのでシテ」

カマタリさんが俺の顔をのぞきこむ。

正直、俺はこういうのに弱い。俺がパンク・アティテュードを貫《つらぬ》いているのも、「俺たちがそれをスルーすれば、ツケは次の世代に行く」って考えてるからなんだ。

「わかったよ……。ビビってる場合じゃねーよな。この子たちの苦労にくらべたら、俺の現状なんて全然たいしたことねーからな」

「オオ、タイチさん、さすがです」

カマタリさんは端末を両手で握りしめ、胸に当てた。「これできっと小学生たちも、肉・魚・ベジタリアン向けの三種類からしかメイン・ディッシュを選べないミジメな現状から脱することができますヨ」

二十七世紀……人類はいま以上に堕落《だらく》しちまってるらしい。

「ガキどもにいっとけ。脱脂粉《だっしふん》乳《にゅう》からやりなおせってな」

俺がいうとカマタリさんは「ハン？」と首をかしげた。

「ダッシフン・ニュー……？　ハテ、何のことやら」

食堂の裏をとおって昇校口に向かう。正門から入ってくる曽我野笑詩の正面にまわりこむ作戦だ。

カマタリさんの端末が「ピピッ」と鳴り、謎の３Ｄマップを表示させた。

「曽我野センサーに反応あり！　笑詩が正門より侵入！」

「よし、行ってくる」

俺は彼女を置いてぐるっと校舎を迂回《うかい》し、正門につづく道を登校ラッシュの波に逆らって走った。

通行人の弾幕をノーミスでクリアして、目指す曽我野笑詩の前にたどりつくと、相手は俺が目に入らなかったらしく、正面衝突しそうになって「わっ」と声をあげた。

「やあ……（ゴホッ）」

さわやかに声をかけるつもりが、息切れして咳も出て、ちょっと意図が伝わりにくい形になる。

曽我野笑詩は肩にかけた鞄のヒモを両手でつかんで、若干引き気味の構えだった。

「な、何？」

「あ、あの……（ゴホッ）……曽我野……さん……えーと（ゴホッ）……フヒヒ……お、おはよ」

デデーン

頭上から雷《かみなり》が落ちてきたような音がとどろき、目の前が真っ暗になった。

「うおいっ、何だ!」

「アウトー」

カマタリさんの声が響きわたった。

「何なんだ! どうなってんだコレ!」

足元も、自分の手さえも見えない闇《やみ》の中で俺は、穴の中に落下しているような感覚に襲《おそ》われ、反射的に体を丸めた。

ぱっと明かりがついて、手と足に触れる何かの冷たさに驚き飛びのいて、それが自分の部屋のフローリングだったと悟るが、体は完全に地を離れており、そのまま壁際に積んであったマンガの山につっこんで崩《くず》れおちた。

「完全にアウトですナ」

腕を組んで立つカマタリさんが俺を見おろし、顔をしかめた。

「何だっつーんだ、いったい……。なんで俺、部屋に……」

「ここは二〇一一年六月十二日午後四時三十八分のあなたの部屋です。セーブポイントですよ」

「はぁ？」

「アウトですヨ。あなたは曽我野笑詩の攻略に失敗したのです」

「いやいや……誰が失敗って決めたんだよ」

「セーブポイントマーカー内蔵のコンピューターが、あなたの行動によって分岐《ぶんき》した未来を予想し、精査しました。その結果、あなたと曽我野笑詩が恋愛関係になることはありえないと判断したのですナ」

俺は体の上にのっていたマンガを払いのけた。

「俺の行動のどこに問題があったっつーんだよ。ちゃんと挨拶したぜ？」

カマタリさんは虚空《こくう》から魚肉ソーセージを引きだした。

「端的にいうと、キモすぎたのですナ。いきなり咳《せ》きこんだりして……アレは何のつもりですかナ」

マンガの角で背中がチクチクするので、俺は体を起こした。

「しょうがねーだろ。走って息が切れてんのに声出して、オエッってなったんだよ」

「では、あのぶきみな笑いは何だったのですかナ？」

カマタリさんは、ご主人さまをよろこばせたくてムリして立ちあがったワンちゃんみたいにプルプル震えている俺に鋭く迫《せま》ってきた。「なぜ笑ったのですかナ？　何か笑えることでもありましたかナ？　それとも己《おの》が醜態《しゅうたい》に対する自嘲《じちょう》の意味での笑いですかナ？」

「いや、あの……ごめんなさい」

ぐうの音《ね》も出なかった。

カマタリさんはひとつため息をついて、気のぬけたほほえみを浮かべた。

「マア、タイチさんだけのせいではありませんヨ。色々と予想以上でした。曽我野笑詩のガードの固さも予想以上でしたし、タイチさんのキモさも予想以上でした。それがわかっただけでも成功です。まだファーストコンタクトの段階ですからナ」

「色々と桁《けた》はずれでゴメン」

俺が頭をさげると、カマタリさんは笑顔のまま天を仰《あお》ぎ、俺のベッドにとんと腰をおろした。

「あのさ、俺、思ったんだけど――」

立ったままの俺をカマタリさんは見あげる。

「何ですかナ？」

「攻略対象を変えた方がいいんじゃないかな」

「ホウ……といいますと？」

「やっぱ中途半端な知りあいはやりづらいわ。だからここはひとつ、出会いからはじめてみたい。曽我野笑詩はやめて、妹の入香ちゃん狙《ねら》いに変更する」

カマタリさんはてのひらをぽんと打ちあわせた。

「ウン、前向きでけっこうですナ」

「中学生の女子ってさー、年上の男に弱いもんでしょ？　だから俺、今度は自信あんのよ」

「年上の男＝タイチさん、となる理屈はわかりませんが、対象の一般化は知的活動の第一歩ですからシテ」

カマタリさんは、俺にとっての昨日くれた写真を、いまの俺にとっての明日から来た俺にもう一度くれた。

俺は入香ちゃんのバスト・アップを、主にそのキュートな口元にひきつけられながらじっくり観察した。

「カマタリさん、これ以外に入香ちゃんに関する情報ないの？」

「ないことはないですがナ……」

カマタリさんは謎の端末に一度視線を送った。俺はそれを見逃さなかった。

「ねえ、そこにあるんでしょ？　ちょうだいちょうだいヨー」

カマタリさんは眉間《みけん》にしわを寄せた。

「困りましたナ。ここに収められたデータを市民に開示することは個人情報保護法で禁じられているのでシテ」

「あァ？　他人の記憶いじくっといて、いまさら個人情報保護かよ！　いいからよこせっつってんだよ！　悪いようにはしねーからよ！」

「ウーン、そうした手合いが悪いようにしなかったためしなどないことは歴史が証明しているのですがナ」

謎の端末を額に当ててカマタリさんは首をひねった。「では、タイチさんが質問して、わたしがそれに答えるという形にしましょう。データそのものを見せるのはさすがにマズイですからシテ」

「よし、わかった」

俺はふたたび入香ちゃんの写真に目を落とした。「ではたずねよう。入香ちゃんのファーストキスの年齢はズバリ何歳？」

カマタリさんが端末を操作する。

「ファーストキス、ファーストキス、と……」

俺は固唾《かたず》を呑《の》んでそれを見守った。

これは賭《か》けだった。

「何歳か」とたずねたが、重要なのはそこじゃない。

運命はふたつにひとつ。のるかそるか。死か栄光か《デス・オア・グローリー》……。

「オオ、ありましたヨ。えーと……ファーストキスは『まだ』とのことですナ」


「イよっしゃアーッ！」


俺は天にこぶしを突きあげた。誰にも踏みあらされていない聖地が、この惑星《ほし》にはまだ残されている……。

キスをする理由？　ただそこに唇《くちびる》があるからさ——将来、世界中の未踏峰《ピュア・リップス》を制覇《せいは》した功績により英国王室からナイトの称号を授かったら、こういって女王陛下《へいか》に勲章《くんしょう》をたたきかえそう。

「ちなみに、我々のデータによれば、タイチさんも『まだ』とのこと。接点がひとつできましたナ」

「ほっとけ」

とにかく、希望がひとつ生まれた。俺にとっての希望ってだけじゃない。この国にとっての希望だ。たちあがれ俺！

「『恋愛といふはキスすることと見つけたり』――むかしの人はいいことをいうねえ」

「何ですかナ、それは？」

カマタリさんの顔に困惑《こんわく》の色が浮かんだ。

何百年も前の人間に知識で負けて、あせってやんの。まさか俺がいま作った格言だとは思うまい！

「決めたぜ。入香ちゃんは大人のキスでオトす！」

カマタリさんはあきれたように頭を振った。

「それにはまず、キスするほどの親密な関係にならなくては……」

「なあ、子どものころって、唇と唇をチュッてするのがキスだと思ってなかった？　入香ちゃんはいまだにそう信じているにちがいないよ。そんな彼女の前に現れたのは、妖《あや》しい魅力《みりょく》を漂わせた大人の男性、つまり俺！　女の子って先を争って大人になりたがるじゃん？　そこで俺が教えちゃうわけ、ディープなアレを。当然、はじめはびっくりして俺を拒《こば》もうとする入香ちゃん。だがやがて、そのかわいらしい唇のすきまから流れこむ大人の恋のエキスに身も心も――」

デデーン

闇が俺の部屋を呑みこんだ。

「アウトー」

光がもどって、俺は元いた地点からちょっと移動しただけだったのだが、暗闇の中での浮遊感《ふゆうかん》ゆえに平衡《へいこう》感覚を失っており、立っていられずスッ転んでマンガタワーとともに崩落《ほうらく》した。

「みだらな妄想《もうそう》は慎《つつし》んでいただきたいものですナ」

カマタリさんはそのままベッドの上に座っていた。

「いやいや……恋愛ってそういうもんだろうが！　つまるところ、男と女、肉と肉――そういうことだろうが！　人類《おれたち》はそうやって生命《いのち》のバトンをつないできたんだろうが！」

「ウウ……主張はクズなのに、話のスケールは惑星規模……。これが救世主《メシア》のチカラか……」

カマタリさんはベッドからずるずるとすべりおち、床に片ひざ突いた。「しかし、わたしも政府の人間。違法行為に手を貸すわけにはいきません。淫行《いんこう》だけは許しませんヨ」

「ああそうかい。じゃあオメーが未来の世界に帰ってから、思う存分やってやる！　入香ちゃんと**ペロペロチュウチュウチョメチョメトロントロン**——」

こうしてしばらくいいあらそったあとで、

「もうやめにしませんかナ」

といわれて、俺も、

「ああ。あまりにも不毛だな」

と答えて、水入りとなった。

「まずできることからやっていきましょうヨ」

「そうだな。『千里の道も一歩から』ってむかしの人もいってたしな」

そうしてその日は「チャオ」っつって別れた。

Kamatari METHOD

1-4 右のほおを打たれても左のほおは出すな

F●ck！

昨日もいったけど、F●ck！

学校に着いてまだ授業もはじまらない時間から前日の午後四時にタイムスリップして、夜寝れるわけねーし。体内時計、完全に昼間だし。

というわけで明け方ようやく眠りについた俺《おれ》は寝不足のためになかなかベッドから出られなかった。

この恨《うら》み、入香《いるか》ちゃんにぶつけよう。

入香ちゃんに会って「キミのせいで眠れなかったんだぜ、ギルティ・ガール？」ってささやこうと、通学路沿いにあるコンビニで張りこみと決めこんだ。

もちろんカマタリさんもいっしょだ。

時空を移動しているのは彼女も同じはずなのだが、疲れの色はまったく見えない。

その元気の秘密は何なのかたずねてみると、

「時差ボケに効くサプリがあるのですヨ」

と彼女は答えた。

「俺にもくれよ、その眠らなくても疲れないクスリってのをよォ」

未来からやってきたSFキャラに対して現代人がまずやるべきこと——すなわち秘密道具のおねだりをしてみると、彼女は、

「ウーン……」

とうなって腕を組み、店の外を見はるために陣取《じんど》っていた雑誌棚の前から去っていった。

みんなの目に触れないところでこっそり処方してくれるのかしらと思い、待っていると、彼女は串《くし》つきのからあげを手にもどってきた。

「過去への干渉《かんしょう》は最小限に留《とど》めるべきなのでシテ」

「説得力のカケラもねーよ。レジ横の保温器に思いっきり干渉してんじゃねーか」

彼女はからあげをもしゃもしゃ食いながら、おもむろに雑誌を取って立ち読みをはじめた。

「おいおい、手ェ油でギトギトじゃん。そんなんで売り物に触ってんじゃねーよ。あーあ、床にボロボロこぼして……」

カマタリさんは串をくわえてフフッと笑った。

「タイチさん、わたしのマンマみたいですナ」

くわえた串を左右に振って危なっかしいので、俺はそれを奪《うば》いとってレジ前のゴミ箱に捨てた。

うちの学校のやつらがズラリと飲み物の冷蔵庫のあたりまで列をなし、店員は三人体制で対応するが、あまりに忙しくてレジにお金をしまうこともできない。カウンターの上で山になった小銭《こぜに》の中からお釣《つ》りを用意して手渡すや否《いな》や次の客の持つ商品にバーコード読みとり機を当てる。

こういう光景が嫌で俺は、学校から推奨《すいしょう》される通学路を使わない。同じ制服のやつらが闊歩《かっぽ》して道路や店内を埋めつくすのを見ていると、「数の暴力」ってことばが頭の中に浮かぶんだ。

雑誌コーナーにもどると、カマタリさんは3D液晶端末《えきしょうたんまつ》をフル稼働《かどう》させていて、隣《となり》で立ち読みしてたやつが目を丸くしている。

俺はそいつの視線を遮《さえぎ》るかっこうで体を割りこませた。

「どうした？　センサーが反応したか？」

カマタリさんはリアルタイムMAPをズームアップした。

「ハイ、入香っちが出没しましたヨ」

「アメリカの雪男みてーにいうんじゃねえ」

「ムムッ？」

カマタリさんは3D映像の片隅《かたすみ》にパッと浮かんだウィンドウに目をこらした。「……アア、なるほど。タイチさん、それをいうならサスカッチですナ。イヤハヤ、二十七世紀の『ソレ何だったっけ』検索《けんさく》がなければ危ないところでしたヨ」

彼女が手で払うとウィンドウは閉じられた。

「近いのか？」

「もうすぐここの前をとおります」

カマタリさんは映しだされた地図と窓の外の歩道を交互に見た。

「針路《しんろ》を変更しました。この店に入ってきます。……あの三人組ですナ」

彼女があごで示した先には確かに入香ちゃんがいた。写真でみるよりも全然カワイイ。両脇にいるおむすびみたいな子や烈海王《れつかいおう》みたいな三つ編みの子とくらべてはるかに顔が小さい。

彼女たちは熱心に何事か話しあいながらコンビニの扉《とびら》を押しあけ、小物系お菓子《かし》のコーナーに直行した。

俺とカマタリさんはヘアケア用品を吟味《ぎんみ》するふりして彼女たちの会話に耳をそばだてた。

「――それ観ててアタシ、テレビぶっ壊しそうになった。キレて。だってゲストの女、超失礼だったじゃん」

「そうそう」

「マジでー」

カマタリさんは端末にすばやくタッチした。

「最初にしゃべったのが入香っちですナ。あとの二人は宮津《みやつ》千尋《ちひろ》に山野辺《やまのべ》珠実《たまみ》——通称ロピコとムーピー。同じクラスの友達ですナ」

店内の騒がしさに負けないくらい大きな声で入香ちゃんたちはおしゃべりする。

「キッキングスナイパーでニノがはずしたの超笑ってて、『何やってんですかー』とかいってんの。自分だって一発も当たってないくせにさー。しかもレディースゾーンからじゃん。ニノは笑ってたけど、櫻井《さくらい》くん、顔映ったときマジキレてたからね」

「そうそう」

「マジでー」

カマタリさんは首をかしげた。

「何の話をしているのですかナ？」

「たぶん嵐の番組だと思う」

「A・RA・SHI……？　オオなるほど、アイドルグループですな」

彼女の端末がまた検索画面を映しだしていた。「桜井《さくらい》くん・坂崎《さかざき》くん・高見沢《たかみざわ》くんからなる——」

「そりゃジ・アルフィーだ」

俺がツッコミを入れると彼女は「フフッ」と笑ってウィンドウを払いのけた。

「ていうかニノってホントはサッカー超うまいからね。中学のときサッカー部のキャプテンで、全国大会四十連覇中のチームに勝ったらしいよ」

「そうそう、ニノズマイレブンね」

「マジでー」

「本気出したら日本代表になってワールドカップ出れたくらいの実力らしいよ」

「そうそう、ニノミアフリカ大会ね」

「マジでー」

いったいどこで仕入れてきたのか飛び入り参加してたずねたくなるくらいのガセ情報満載《まんさい》トークだった。

「タイチさん、松本順《まつもとじゅん》・相葉《あいば》マチャアキ・ムッシュにのみやらを擁《よう》する——」

「そりゃザ・スパイダースだ」

俺がツッコミを入れるとカマタリさんは「フフッ」と笑った。

「話かわるけどー、アタシ昨日マジでキレた。ブス笑詩《えみし》マジいつか殺すから」

入香ちゃん、カワイイ顔してまたもや穏《おだ》やかでない話だ。パンク・ムーヴメントまっさかりのお年ごろなんだろう。つか「ブス笑詩」って……同じような顔してるくせに。

あれでブスなら世の中ブスだらけってことになるよ。

「由真子《ゆまこ》ちゃんがアイスみんなの分買ってきてくれたんだー。そしたらさー、ブス笑詩のヤツ、アタシのクリアン勝手に食ってんの。だからハァって思った」

「ハーゲンダッツのミニカップ・期間限定クリーミー杏仁《あんにん》ね」

「わー、たいへんだー」

「で、アタシいったの。そしたら、『ハァ？　食ってねーし』とかいうんだー。でもアイツ、ダップン噛《か》む癖《くせ》があるから、ゴミ箱見てすぐウソだってわかった」

「ハーゲンダッツ買うともらえるプラスチックのスプーンね」

「わー、たいへんだー」

「で、アタシが『ふざけんじゃねーよ』っていったら、アイツ、『うっせーなー。わかったよ。カネ払うから』とかいうの。アタシ、ハァってなって。カネの問題じゃねーし。つーかアタシ中二だからね。ダッツくらい自分で買えんだよ」

「選ばれし者のアイス税込二八四円ね」

「わー、たいへんだー」

「で、ママにいったらー、今度買ってくれるっていうからー、よかった」

よかったんかい！　と俺はズッコケそうになった。つか結局買ってもらう話になってるし。

中学生スゲーな。平和すぎる。

「タイチさん、デビュー・シングル『A・RA・SHI』を収録したファースト・アルバム『黒《くろ》い安息日《あんそくび》』で一躍《いちやく》――」

「そりゃブラック・サバスだ」

俺がカミソリのように鋭利《えいり》なツッコミを入れるとカマタリさんは「フフッ」と笑った。

「ムーピー、何買うか決めた？」

「わたし、コレ」

「またのどあめ？　アンタのど弱すぎ」

「でもわたし、このレモン味が好きだから」

「つかビタミンC摂《と》りすぎるとヤバイってママいってた」

「えー」

「そうそう、『ビタミン摂っても摂られるな』ね」

「ビタミン摂りすぎると、ほら、アレ何だっけ……とにかく何か病気になって、そんで死ぬ」

「えー」

「そうそう、『ビタミン一秒ケガ一生』ね」

中学生の会話ってこんなにフワフワしてたっけ？　俺の場合はもっと……と回想してみると、家族以外の人と会話した思い出がほとんど見つからなかったのでショックで吐きそうになった。

「タイチさん、スティーヴン・タイラーとジョー・ペリーを中心に結成、セカンド・アルバム『飛べ！　エアロスミス』で日本デビューを――」

「もうエアロスミス以外の何者でもねーよ」

のど元までこみあげてきた感情を呑《の》みこみながらツッコミを入れると、カマタリさんは「フフッ」と笑って宙に浮かぶウィンドウをなぎはらった。

中学生三人がお会計してるあいだに俺とカマタリさんは店の外に出た。

「入香ちゃんっていう子は、何か想像してたのとちがうな」

ガラス越しに店内の様子をうかがいながらいうと、カマタリさんは首をかしげた。

「どうちがうのですかナ？」

「うーん、もっと女の子らしい会話をしててほしかった。想像っつーか願望だけど」

と答えると、重ねて、

「それはたとえばどんな会話ですかナ？」

とたずねられる。

「たとえば？　たとえば……花言葉とか花占《はなうらな》いとか、そういう夢のある感じの——」

「実に薄《うす》っぺらい女性観ですナ」

カマタリさんは鼻で笑う。

しかし参ったぜ。あんな会話に入ってく自信ねーわ。そもそも俺、女子中学生と最後に会話したの中一のときだし。ブランクありすぎる。

「来ますヨ」

カマタリさんのいうとおり、入香ちゃんたちは店を出て、学校に向けて歩きだした。

俺とカマタリさんはあとを追った。

通学路の歩道はただでさえ狭《せま》いのに、入香ちゃんたちは道いっぱいにひろがって歩く。追いぬこうとする自転車にベルを鳴らされて、ガードレール際を歩くムーピーだかロビコだかが残り二人の背後にまわるも、すぐ横一列にもどってしまう。

「早く行ってきてくださいナ」

とカマタリさんにせっつかれた。

「えー、でも何て声かけたらいいか……」

「警察のウェブサイトに『声かけ事案』というものが掲載《けいさい》されてますナ。これを参照しますか？」

「それはまあ、当たらずといえども遠からずというか……とりあえずいいや」

だがいつまでもグズグズしてはいられない。学校内で近づくチャンスはまずないだろう。

「クソ……しかけるか」

俺は足を速め、入香ちゃんの長くてツヤツヤな髪をクンカクンカできそうな距離まで接近した。

「あの、曽我野《そがの》……さん？　曽我野入香さん？」

「あァ？」

ふりかえった入香ちゃんはいきなり目をサンカクにしていた。「何だよ？　つか誰？」

カワイイ声に精いっぱいドスをきかせているのが怖いというより痛々しい。

「あ、俺さっきそこのコンビニにいたんだけど、曽我野さんもいたよね？」

「つけてきたのかよ。おまえ何なんだよ。万引きGメンかよ」

「えー」

「私服パトロール巡回中ね」

プロフェッショナルとかんちがいされてるし、三つ編みの子が話をまぜっかえすのでややこしくなる。

「イヤイヤ、どう見ても私服じゃねーだろ」

三人は立ちどまって、俺をとりかこんだ。

曽我野〝思わず触りたくなる肌《はだ》〟入香ちゃんの白いほおに朱《しゅ》が浮かんだ。

「アタシら万引きとかハンパなマネしねーし。つか、おまえアレか？　ストーカーか？」

「えー」

「ロリコンストーカー密着二十四時ね」

「イヤイヤイヤ――」

ロリコンっつったって、そんなに年かわんねーだろ、と反論する暇《ひま》も与えられず、入香ちゃんの飛びこみ左ストレートをもらって俺は痛みよりも驚きゆえに尻餅《しりもち》をついた。

「上等だテメー。やってやんよ」

入香ちゃんは鞄《かばん》を投げすて、ダッシュで俺に向かってきた。

「入香、やっちゃえー」

「サッカーボールキックからの踏みつけでKOのパターンね」

どう見ても手加減とか考えてない勢いの踏みこみで入香ちゃんは俺の顔面に蹴《け》りを放とうとする。

「うわあああっ」

俺はとっさに体を丸めた。

デデーン

「アウトー」

丸めた体がうしろにごろりと転がり、部屋の隅に積んであったマンガをすべて倒してストライクだった。

「た、助かった……」

愛《いと》しの我が家の見慣れた天井《てんじょう》を見あげて俺はため息をついた。

カマタリさんは一心不乱に端末をいじくっている。3D映像の中では俺が入香ちゃんのスーパーマンパンチを食らってノックダウンされる模様《もよう》がくりかえし再生されていた。

「『A Japanese boy got GOHOUBI from a cutie』――ヨシ、タイトルはコレで……。タイチさん、二十七世紀において『ごほうび』は世界の共通語になっているのですヨ」

「知るかよ。つかその動画、どこに流出させる気だ」

なぐられたほおがズキズキ痛みだした。「そんなことよりカマタリさん、未来の薬ちょうだい。痛くなってきた」

「過去への干渉はできうる限り避けるべきでシテ」

「オメーの干渉がなきゃ道端で中学生になぐられてねーから俺」

イラッとした俺は手元にあったマンガをつかんで投げつけた。カマタリさんはそれをやすやすとかわしておいて、どこでおぼえたのかエアロスミスの曲を口笛《くちぶえ》で吹きながら動画の編集をつづけた。

Kamatari METHOD 1-5 自分の見た目に責任を持て

ダメだダメだ。未成年はダメだ。
曽我野笑詩《そがのえみし》も入香《いるか》ちゃんも、全然ダメだ。
やっぱ長女の由真子《ゆまこ》さんだよ。大学二年生、ハタチだよ。
俺《おれ》という十七歳の地図を正しく読みとくためには大学レベルの知識が必要なんだよ、きっと。

というわけで俺は学校をサボって由真子さんのかよう大学に潜入《せんにゅう》することにした。

潜入というと語弊《ごへい》があるが、要するに高校生のためのキャンパスツアーに参加してるふうを装《よそお》って中に入っちゃおうというわけだ。制服着たまま行けるから、家を出るときにサボりだとバレにくいという利点もある。

目指す甘檮学院《あまかしがくいん》大学は、俺がいつもＪＲから私鉄に乗りかえる駅の、その次が最寄り駅だった。

いつもの駅で乗客がどっと降りてまたどっと乗ってくるのに俺とカマタリさんは車両の中ほどまで押しこまれた。

「二十一世紀の大学がわたしの時代のものとどうちがうのか、早く見てみたいものですナ」

吊《つ》り革《かわ》に人差し指をかろうじてひっかけているカマタリさんがいった。

「ん？　カマタリさんって大学行ってたの？」

「はい。一応博士号《はくしごう》は持っていますヨ」

彼女はこともなげにいった。

「マジで？　つーかカマタリさん年いくつなの？」

これまで未来の延命技術のこととか念頭に置いていなかった俺はおのれのうかつさに怒りすらおぼえた。パッと見女子高生だけど実は二百歳とかだったら「ババア自重《じちょう》しろ」といわざるをえない。

「わたしは十七歳です」

と彼女は答えた。俺はほっとした。

「てことは、飛び級したのか」

「そうです。時空飛行士になるのが子どものころからの夢だったので、いっしょうけんめい勉強したのですヨ」

「へえ、タイムトリップって誰《だれ》にでもできるわけじゃないんだ」

「大掛かりな施設と予算が必要ですからシテ、国家レベルの事業なのですヨ。日本人ではわたしが三人目の時空飛行士です」

「前の二人もやっぱ日本を救ったわけ？」

「ハイ。最初の者は古代日本において法律の制定に尽力しました。それから音声認識アプリにより十人の声を同時に聞きわけるという特技で一大センセーションを巻きおこしました」

「アイツ未来人だったのか！」

そりゃ非実在説とか出るはずだぜ。俺は教科書にのっていたのっぺり顔の肖像画《しょうぞうが》を思いうかべた。

「二人目は二十七世紀のマーケティング理論を用いて、旬《しゅん》をはずれた夏のウナギを大量に売りさばくシステムを開発しました」

「アイツもかよ！」

ヤバイ未来人、思いのほか俺たちの社会に影響を与えてる。

その三人目がカマタリさんなわけか……。

俺も将来歴史の教科書に名前のるんだろうか。だったら「エレキテル」なみにポップなニックネームを考えておかないとな。

いつもの駅は乗りいれている路線が多くて、降りる人の年齢層も幅広いが、そのひとつ隣に来ただけで、ホームに見えるのは大学生っぽい人ばかりになり、「これが学園都市か」って思った。

俺の学校の最寄り駅なんかとはちがって、オシャレな私服姿のオネーサマ方でいっぱいなワケよ。非常に華やかなワケよ。ロクに洗濯《せんたく》もしてねえ制服着てるコムスメどもとは洗練度《せんれんど》に格段の差があるワケよ。

改札口を出ると、誰も信号を守らない横断歩道の向こうに木がうっそうと繁っていて森みたいだった。オシャレディーたちはみな、甘いにおいをふりまきながらそちらへ歩いていく。

「緑が多くていいですナ」

カマタリさんが木々を見あげてくしゃみをした。

大学の門は大きな公園の入り口みたいだった。日差しを遮って涼《すず》しげな並木道を歩くギャルズもいとをかしで、秋になったらムード満点になるだろう。由真子さんと寄りそって歩いたらもう何ウェイの森だよって感じだな。読んだことねーけど、そういうお話なんだろアレ？

生活指導の先生とか生徒会のバカとかが立っていることなど美的な意味で絶対にありえないオシャレゲートを胸トキメかせながらくぐった。

「由真子さん、どこかなあ」

「確か一限目は大教室で——」

端末《たんまつ》でデータを調べていたカマタリさんが突然顔をあげた。「オヤ、あれは……」

「そこのキミ、止まりなさい！」

その手のことばを投げかけられやすい体質なので俺のことだろうと直感し、あたりを見わたすと、案の定警備員が二人、怖い顔してこちらに走ってきていた。

「タイチさん——」

カマタリさんが小声でいった。「逃げてくださいナ」

「何だっつーのよ、いきなり」

「非常事態です。アイツらにつかまったら終わりですヨ」

「終わり？」

彼女の声は緊迫感《きんぱくかん》に満ちていた。俺の心にドス黒い不安がひろがる。

——まさかアイツらも未来人……？

カマタリさんの計画を邪魔《じゃま》しようとする悪の組織が刺客を送りこんできたのか——日本の滅亡《めつぼう》を望む連中が。

「クソッ、そうはさせるか。この国は俺が守る！」

俺は「木を隠すなら森に隠せ」の発想でキャンパスの奥に向かって走りだした。

「あっコラ、待てっ」

警備員が追いかけてくる。

俺は全力で逃げた。

こんなところでつかまるわけにはいかない。

俺が日本を救わなければ……カマタリさんが安心して未来に帰れないんだ！

……いや、むしろ俺が安心して暮らせない。例のデデーンってなるやつ、マジで心臓に悪いから。

卑怯《ひきょう》にも警備員は組織の仲間を呼びやがり、俺はあっさりつかまった。手足をひっぱられてハンモックみたいなかっこうで宙吊りにされる。別のヤツが俺の体中をまさぐり、勝手に鞄《かばん》を開ける。

「オマエどこの学校だ！」

鬼《おに》のような顔をしたジジイが至近距離で怒鳴《どな》りつけてきた。

俺は最後の力をふりしぼり、叫《さけ》んだ。

「タイチ死せども日本は死せず！」

デデーン
「アウトー」

　ケツからドスンと着地した俺を見て、カマタリさんはこみあげる笑いをこらえてか、唇《くちびる》をわななかせていた。

「わたしのミスです。甘檮学院大は女子大でした。男性の侵入者がつかまるのも無理ありませんナ」

「オマエわざとやってんだろ」

　俺がいうと彼女はこらえきれなくなったのか「クッ」と鼻を鳴らして顔をそむけた。

　俺は床の上で駄々《だだ》っ子《こ》のように手足をジタバタさせた。

「もうヤダー。どのルート選んでもアウトじゃん」

「ウーム、お悩みのようですナ」

　カマタリさんは俺の椅子《いす》に座って、診察室《しんさつしつ》の医者がするみたいにくるりとまわってみせた。

「ここはひとつ、イメージチェンジをはかってみてはいかがですかナ」

「イメージチェンジ？」

「たとえば髪を切るとか……」

カマタリさんは俺の頭をじろじろ眺めまわした。「現在のソレは髪型として成立していませんからナ」

「うるせえなあ……」

俺は髪をぐしゃぐしゃとかきみだした。「髪切るの嫌いなんだよ」

「でもすこし手を加えたほうがいいと思いますヨ」

「別にこのままでいいよメンドクセー」

リアル・パンクスである俺はこうした問題をすべてシド・ヴィシャスに相談することにしている。もちろん本物のシドはこの世にオサラバしてパンク天国にいるわけだから、あくまで「シド・ヴィシャスならこういうね」っていう仮定でしかないんだけど。

俺「シド～、髪切れっていわれちゃったよ～」

シド「F●ck！　髪なンざ砂糖水つけてオッ立てときやがれ！」

過去に（脳内で）こうしたやりとりがあったので、散髪はなるべくしないようにしている。

「では色を変えてみてはどうですかナ」

とカマタリさんがいった。

「え？　髪染めんの？」

そんなこと経験がないので、ここはひとつシドに相談してみよう。

俺「シド～、髪染めろっていわれたよ～」
シド「F●ck！　そんなカネがあンならヤク買ってきやがれ！」

以上をもってカマタリさんの提案は却下《きゃっか》されることになった。

「やっぱ俺、そういうのはポリシーに反するっていうか……」

俺のことばに聞く耳持たず、カマタリさんは端末をいじっていた。

「タイチさん、あなたに関するデータには『困ったときには心の中でシド・ヴィシャスに相談する習性がある』とありますが、これはどういうことですかナ？」

「あァん？」

誰にもいったことのない秘密を口にされて、冷や汗やその他の汁《しる》が全身からドッと噴《ふ》きだした。「いや、それはだネ……」

「具体的にどうやって相談するのですか？　ためしにやってみてくださいナ。もちろん声に出してですヨ」

「いや、そんな……」

「ところで、『シド・ヴィシャス（享年《きょうねん》二十一）のように若くして死に、伝説になることを夢見ている』という記述もありますが、まったく皮肉なものですナ。なぜならタイチさんは二十一歳で死ぬどころか、その後もおめおめと――」

「やめてくれ。俺がすべて悪かった」

俺は土下座《どげざ》して額《ひたい》を床にすりつけた。「髪切ります。そして染めます。だからもう許して……」

なんでコイツ俺の内なるゾーン――すなわちSecret Base ～シドがくれたものまで把握《はあく》してんの？

未来人マジで怖い。

俺「シド、ごめん。俺、信念を曲げるよ」

シド「俺は俺の道《マイ・ウエイ》を行く。テメーはテメーの道を行きやがれ！　アバヨ！」

シドは口をひんまげて吐《は》きすてるようにいうと、電飾でピカピカ光る階段をのぼって空のかなたへ行ってしまった。

「ロックは死せどもパンクは死せず、か……。ありがとう、シド」

「さっきから何をブツブツいっているのですかナ？」

カマタリさんが俺の顔をのぞきこんできた。俺はその首根っこつかんで遠ざけた。

「よーし、俺髪切る！　カマタリさんは早いとこオサレ美容院さがしてくれよな！　できればリーズナブルな値段のとこね！」

「流れるような他人任せですナ」

カマタリさんは３Ｄマップを表示させた。上空から見た近所の街並みにぽつぽつと赤いマークが浮かぶ。

「ここなんてどうですかナ。カット&カラー学割アリで四〇〇〇円です」

彼女の操作で画面が切りかわり、店の外観が表示された。

「あ、ここ、駅行く途中でとおるトコだ」

「ここにしますかナ」

「いや……ここの店、駅前でチラシ配ってんだよ。それで店員さんと会ったりしたら気まずくね？　そこの店に行かなくなったあととか最悪じゃね？」

「ウーン……では、ここなどはいかがですかナ？」

彼女は別の美容院を映しだした。「表通りから一本入ったところにある、隠《かく》れ家《が》的なサロンですが」

「あー、いいじゃない。ここにしよっかな」

「しかし、ここはカット&カラー高校生以下一〇〇〇円引きで九〇〇〇円となりますが……」

「ほう、やることは同じなのにずいぶんと値段がちがうもんだねえ。カマタリさん、

カネ貸してくんねえ？」

「ノーモーションで借金の相談とは……さすがですナ」

カマタリさんはアヒル口をとがらせ、額をかいた。何か考えごとをしている様子だ。

「わたしの活動資金は税金から出ているのですからシテ、それをタイチさんのヘアスタイリングに費やすことを納税者のみなさんが納得してくれるかどうか……。髪をどうしようとモテないに決まっているのだから、いっそ全部剃《そ》ってソーラーパネルでものせておけ、といわれるのがオチですナ」

「おまえらは俺をどうしたいんだ？」

どうやらこのルートからカネを引きだすのはムリっぽいので、別の資金源をさがすしかないだろう。

もちろんこの俺に九〇〇〇円をポンと出す余裕などない。そんなカネがあったら毎月DVDレンタル一〇〇円の日に新作アニメを奪いあうバトルで頭角を現し、「魔導士《ウィザード》」の二つ名を頂戴《ちょうだい》するほどにまでなってねーっての。

「しょうがないな。奥の手を使うか」

俺が部屋のドアを開けると、背後からカマタリさんが、

「このあとすぐ行くのでしたらわたしが予約をしておきますが、どうしますかナ？」

と声をかけてきた。

「よろしく頼む。すぐもどるから」

廊下《ろうか》に出た俺はうしろ手に扉《とびら》を閉めた。

やれやれ、これはできれば使いたくなかったんだがな……。

しかし男が一度こうと決めたことを投げだすわけにはいかない。

「マンマー」

俺は階段をかけおり、居間に飛びこんで母の前で土下座しつつ**「おこづかい、ちょーらいっ」**と三歳のころの愛くるしさそのままにおねだりした。

「ど、どうしたのアンタ？　学校で何かあったの？」

としきりに俺のクルクルパーになった原因を聞きだそうとする母に対して、

「モテたいんや！」

とだけ答えつづけた結果、五分後には万券を手に部屋への凱旋《がいせん》を果たすことができた。

「イエーイ、一〇〇〇〇円《マンコロ》GET！　ちょろいもんだぜ」

「クズすぎてことばも出ませんナ」

カマタリさんは椅子の上でひざを抱え、ため息をついた。

三十分後の予約だというので自転車で行こうとしたら、なぜかカマタリさんもついてくるといいだし、二人乗りすることになった。

「髪切るわけでもないのに、店の中にいてだいじょうぶなのか？」

「どこの家でもお茶くらい出すものではありませんかナ？　この時代にはまだそうした人情が残っていると聞きましたが」

カマタリさんは車輪で走る自転車ははじめてだといって、俺のうしろで飛んだり跳ねたりした。

俺が子どものころ行っていた床屋は、もうなくなっちゃったけど、髪切りおわったあとでもジャンプ読ませてくれて、ジュース出してくれたりもした。オサレ美容院でもそういうことがあるのかどうかは見当もつかない。

美容院は全体が木目調で全面ガラス張りのため店内丸見えという気恥ずかしい造りに

なっていた。

中は甘くてすこし息苦しいにおいに包まれていた。

受付の女性に、

「さっき予約した中野《なかの》です」

「つきそいのカマタリです」

と伝えて椅子に座り、しばし待つ。

俺を呼びに来たのはオサレメガネのシュッとしたおっさんだった。

若い女とかだったら緊張してうまくしゃべれなくなっていただろうから、救われた気分になった。

鏡の前の椅子に座って、タオルを首に巻かれ、

「今日はどうなさいますか？」

ときかれたので、カマタリさんに教わったとおり、

「カットとカラーを。あの、ヘアカタログ見せてください」

と答えた。

美容師さんが持ってきたMOOK《ムック》を開いてみると、やっぱり髪を染めるのがデフォみたいだった。

「どのくらいカットしますか？　このページにのってるようなスタイルですと、けっこ

う短めになりますね」

「あ、そうですか。あ、こういう感じがいいですね。パンクっぽくて」

「イヤ、こっちも捨てがたいですナ」

コーヒーカップ片手にカマタリさんが俺のかたわらに立ち、御意見番みたいな感じでカタログをのぞきこむ。結局、彼女に髪型も色も決められてしまった。

「ではシャンプーしますので、あちらへどうぞ」

椅子を百八十度まわされて、見るとアシスタントらしき女性スタッフがタオル片手に俺を待っている。

……ゥゥ……若い女……。この人に頭洗われるのか……。急に緊張してきた。

コーヒーをすすりながら待合席にもどっていくカマタリさんの自由さがうらやましい。

店の奥にあるシャンプー用の席に腰かけ、準備が整うまで、ガラスの向こうでようやく翳《かげ》りだした日光が向かいの家の生け垣に柔らかく当たるのを眺めていた。

「はい、では倒しますねー」

背もたれが後方に傾《かたむ》いていき、水平をちょっと越えて軽く頭が逆さづりになったところで止まった。

シャンプーギャルがガーゼみたいな薄《うす》い布を俺の顔にかぶせた。何かの拍子《ひょうし》に飛んでいっちゃいそうで邪魔《じゃま》くさいが、これがなければシャンプーギャルと思いきり目が合ってしまう。それはまた気まずいだろう。

髪にお湯がかけられた。

「熱くないですか？」

「あ、はいっ！」

固くなっていたせいか、声量のおさえがきかなかった。

俺のデカイ声に驚いたように目隠しの布は俺の顔からフワリとテイクオフしていき、床に落ちた。

「あ……」

ギャルが俺を見おろして、ハッとした表情を浮かべた。あまりの気まずさに俺は笑ってしまった。

「フヒヒ……どうも」

デデーン

「アウトー」

仰向《あおむ》けのまま自由落下して、ベッドがあったおかげで頭を打たずに済んだが、髪がビショビショだったため、シーツがビショビショに濡れてしまった。

「あの布を吹きとばしたのは致命的《ちめいてき》なミスでしたナ。完全にアウトです」

カマタリさんは端末にさっきの美容院マップを表示させていた。

「いやいや……確かに恥《は》ずかしかったけどさ、そんなたいそうなことかね？」

反論する俺に彼女はチッチッと舌《した》を鳴らした。

「もしあのまま時間を進めていれば、あのサロンでのあなたのあだ名は『間欠泉』あるいは『こえでおしごと！』になっていたところでしたヨ」

「マジかよ。あっぶねー」

美容院恐るべし。別名「へ、ア、サ、ロ、ン」というだけあって、マナーを守れないやつは締めだしを食らう大人の社交場らしい。

「もう一度あのサロンにチャレンジしますか？」

とたずねられて、

「ああ、もちろんだ」

と答えたのはほかでもない、髪がビショ濡れで早いとこ何とかしてもらいたかったからだ。

「ヨッシャ、いっちょ『強くてニューゲーム』としゃれこもうじゃないの」

に首をひねった。

「強くて……？　ハテ……」

二十一世紀の文化を完全に理解しているとはいえないカマタリさんは心底ふしぎそう

二周目だから慣れたもので、母にカネをせびり、美容院に行って、髪型も迷わず決めた。

二回目だから髪の色をちょっと明るくするくらいではものたりず、アッシュ何とかいう名の、オオカミの毛皮みたいな色を指定した。バレバレのヅラをかぶるオッサンの心境だ。もはや悪い意味で人目を引くくらいのへアスタイルじゃないと、生きている実感がわかないんだ。

カマタリさんはあれこれ指図せず、待合席でコーヒーをすすりながら雑誌を読んでいた。

髪を染めるのには予想以上に時間がかかった。担当のオサレオッサンと女性アシスタントの二人がかりで俺の髪にハケで何かをペタペタ塗《ぬ》って、それからしばらく待っていなければならない。

昼から何も食べていないので、腹がペコペコだ。出してもらったコーヒーで空腹をしのぐ。

そうして全工程が終了し、最後にワックスとスプレーでやわらかスパイクヘアに仕上げられて鏡を見ると、カマタリさんのことばを借りれば「髪型として成立している」状態で、「非常によい」という評価をつけざるをえなかった。

世のオサレ連中が熱心に美容院詣《もう》でをする理由もわかる。

待合席にもどるとカマタリさんが、

「オオ、すてきですナ」

とほめてくれた。だが彼女のことだから、内心どう思っているかはわからない。

美容院を出て、すっかり日がくれた裏通りを自転車押しながら歩きだすと、カマタリさんは小走りに俺を追いぬいていき、街灯の明かりの下でふりかえった。

「やっぱりステキですヨ」

そういうふうにほめられるのには慣れてないので、

「まあ二回目ですんなりクリアできてよかったよ」

と話をそらしてしまう。

カマタリさんはそんな俺の心を読んだかのようにいたずらっぽく笑った。

「そうですナ。わたしもあれ以上あの泥水《どろみず》みたいなクソまずいコーヒーを飲まされてはたまったものではありませんでしたからシテ」

「茶ァ出せっつったのテメーだろうが」

俺がいうと彼女はフフッと笑い、二人乗りをする気がないのか、俺に背を向けて小走りに先を行った。

俺のイメージチェンジはコミュニティに大きな波紋《はもん》を投げかけた。

弟は帰宅した俺を見るなり、

「ど、どうしたのタイチ兄《に》ィ……」

といっていまにも泣きだしそうな顔をした。俺は、

「ヒロミ、おまえも大人に、いや、男になればわかる」

と人生のネタバレを避けつつも兄としてできる限りのヒントを与えてやった。

「アンタそんな頭で学校行くつもり？」

母からキレ気味にいわれて、俺は肩をすくめ、

「結局、俺の居場所はソコにしかないから……」

とローンウルフ気取っておいて、「カネ返せ」といわれる前に部屋へひっこんだ。

父が帰ってきて、

「何だその色、銀魂《ぎんたま》の読みすぎか？」

と酒くさい息を吐きながらいった。

いい年してジャンプ読んでんじゃねーよと思い、無視した。

——以上俺を入れて四名、これが我がコミュニティの全人口。

古代ギリシャ人みたいに直接民主制が実現できそうな狭《せま》い社会だな。

翌日、学校に行っても、髪型については特にイジられなかった。

よく考えたら俺も他人のことを「髪切った？」ってイジったことがない。クラスのやつがどんなヘアスタイルしてるかなんて気にしたこともなかった。

カマタリさんはクラスの中心人物・山背《やましろ》のポジションをのっとっただけあって、仲間を集めて教室の真ん中で何かしゃべっている。

俺は自分の席で寝たフリだ。

何か知らんが、山背がいたころより軍団員が増えている気がするぜ。昨日なんか、いままでメールしたことなかった三輪《みわ》から「カマタリさんって彼氏いんの？」ってメールが送られてきたし。

カマタリさんのことがそんなに気になるのか？　俺にはよくわからん。

まあ愛嬌《あいきょう》がある方だとは思うが……。

コンビニの店員とかでいたら、なるべくそこで買い物するようにしようと決めちゃうくらいのカワイさだとは思うが……。

もし未来うんぬん関係なしに話しかけられてたら、本来さびしがり屋の俺のこと、「こんな俺に優しくしてくれるなんて……」っつって恋に落ちていただろうとは思うが……。

冷たい手に肩をたたかれて、顔をあげると、カマタリさんが俺を見おろして立ってい
た。口の端に笑いを浮かべている。

ヘンなことを考えていた俺はドキッとして起きあがった。

彼女の隣には曽我野笑詩がいた。

「へえ、いいじゃん。カワイイカワイイ」

曽我野は歯医者のレントゲン撮影機みたいに頭を動かして、俺の頭をさまざまな角度
から見ようとした。「いやホント、似合ってる。カマタリさんのいうとおりだねー」

「ああ……ハハ……どうも」

恥ずかしくて顔を伏せてしまった。曽我野の髪が揺れるたびに、美容院にこもってた
のに似てるけどもっとひかえめで人懐《ひとなつ》こい香りが漂った。

カマタリさんは前の椅子の背もたれにお尻《しり》をもたせかけた。

「昨日まではまったくヒドイものでしたからナ」

「『髪型として成立してない』ってんだろ？　昨日聞いたよ」

俺がいうと彼女は、

「オヤ、そうでしたかナ」

とそらとぼけて、俺の前髪に手を伸ばした。

「これは砂糖水で立たせているのですかナ？」

「ンなことしねーよ。ちゃんとワックス使ったわ」

俺は髪をつまもうとする彼女の手を払いのけた。

「え？　砂糖水を髪につけたら立つの？」

曽我野がカマタリさんの方を向く。その手はカマタリさんにつられてか、俺の髪に触れかけていた。

「砂糖水は乾くと固まりますからナ。イギリスの貧しいパンク青年たちがそうやって髪をスパイキーにしていたのですヨ」

「へえ、そうなんだ」

曽我野はカマタリさんみたいにアヒル口を作った。「でもアリにたかられそうだね」

「タイチさんの夢は、そうしたイギリスのパンクスに生まれかわって失業保険を受給しながらいっちょまえに政治家や大企業を批判することなのですヨ」

「へえ」

「そんな夢持ったことねーよ。夢も希望もねーだろ、そんな生活」

俺がいうとカマタリさんは肩で顔を隠すようにして「クッ」と笑った。曽我野もつられて「フクッ」とのどを鳴らした。

「中野ってパンク好きなんだー」

「ま、まあ、ちょっとね……」

ちょっとセックス・ピストルズとクラッシュとストラングラーズとバズコックスとダムドとザ・ジャムとザ・ボーイズとシャム69とコックニー・リジェクツとディスチャージと初音《はつね》ミクが好きだけど、それをいっても共感してはもらえないだろう。

そもそも女子の前で「セックス・ピストルズ」っていう名前を出す勇気がない。あとミクも。

「中野も音楽とか聴くんだねー」

曽我野はあくまでにこやかにいった。だが俺の心は五年に一度くらいの深刻なトラブルに見舞われた。

俺だって音楽くらい……聴くよ……。

「でもさー、中野とカマタリさんってホンット仲いいよねー」

「腐《くさ》れ縁《えん》ですからナ」

そういってカマタリさんは、寄りかかっていた椅子をこちらに向けなおし、腰かけた。お尻を撫《な》でおろすようにしてスカートをおさえ、曽我野が俺の隣の席に座った。無造作に組んだ脚が俺の机に軽く当たった。

「ところで、わたしだけが末っ子ですナ、この三人の中で」

カマタリさんが俺の机にひじをのせた。

「そっか、カマタリさんとこ、お兄さんいるもんね」

曽我野は周知のことのようにいう。そんなこと初耳の俺は、

「え？　ああ……そう……だったよね」

と調子を合わせるのがやっとだった。つか、いきなり何の話だ？

「中野は？」

前屈して上履《うわば》きの爪先《つまさき》に手を伸ばしながら、曽我野がいった。

「うちは弟がいる。中二」

「あ、うちも中二。妹だけど」

曽我野は上体を起こして長いため息をついた。化粧《けしょう》でのせたのとはちがう紅《べに》がほおを柔《やわ》らかく染めていた。

「妹はたいへんですヨ。兄の横暴に耐えなければなりませんからシテ」

カマタリさんは芝居《しばい》がかった調子で肩をすくめた。「このあいだも取っておいた食料を無断で食べられて、大ゲンカですヨ」

「……へえ」

あいづちを打つ曽我野の声はすこし陰《かげ》を帯びていた。

「まったく許せませんヨ。わたしのならまだしも、ペットのチロちゃんの分でしたからシテ。チロちゃんも怒って水面をしきりにたたいていましたヨ」

「チロちゃん何者だよ！　つか兄貴それ被害者じゃねーか！」

　俺のツッコミに「フフッ」と笑うカマタリさんの声をかき消して、曽我野が大笑いした。

「ちょっと中野スゴイねー。カマタリさんにはバシバシ行くんだー。いま一瞬で二回ツッコんだよ」

「屁《へ》のつっぱりにもならない特技ですナ」

　カマタリさんからのメチャクチャないわれようはともかく、すぐそばで聞く曽我野の笑い声は耳にこそばゆかった。

「わたしも昨日、知らないで妹のアイス食べちゃってさ」

　ひざの上に頬杖《ほおづえ》ついて曽我野が笑いの色の残る声でいう。「それで妹超キレて。家の壁とか蹴ってんの。いま反抗期なんだよね」

　どこかで聞いた話だ。

　カマタリさんが俺に何やら目くばせをしてから、曽我野と向きあうかっこうで座りなおした。

「たかがアイスでそんなに怒るのはおかしいですナ。えみスィーはちゃんと謝ったのですか？」

「うん、謝ったよ。弁償するっていったし。でもそしたら、なんでかわかんないけど、もっと機嫌悪くなっちゃった。何なんだろうね」

曽我野は顔をのせている手でほおをぎゅっと押しつぶした。

偶然、教室中が一瞬静まりかえり、誰かがそれを指摘して笑った。

「それ、謝《あやま》り方《かた》がちがうんじゃねーの？　……いや、たぶんだけど」

俺が吐いたのはあきらかにあやふやで自信ない感じのことばだったのに、曽我野は上目づかいでこれでもかってくらいに俺を見つめた。

「ちがうって？」

「いや、何つーか……アイス食われたことに怒ってるんじゃねーと思うんだ。そうじゃなくて、向こうからしたら『アタシの好きなアイスくらい知っとけよ』って感じなんじゃね？　それだとカネやっても解決しないよね。かえって『わかってねーな』みたいに思われちゃうかも。つかアイツら弟妹って、俺たちがアイツらのこと何でも把握《はあく》してるってかんちがいしてるからな。まあ、いっぺん妹さんと『アイス何が好き？』とか話してみたら？　意外と向こうは反抗してるつもりじゃなくて、『自分のこと知ってもらいたい』って思ってるだけかもしれないし」

曽我野は厳しい顔をして俺の話を聞いていた。

俺は我ながら「話長すぎ」って思った。これじゃまるで説教してるみたいだ。ふだん人と会話しないから加減がわからない。

「タイチさん、なかなかイイこといいますナ」

カマタリさんの顔には思いがけず穏やかな笑みが浮かんでいて、虚《きょ》を突《つ》かれた俺はちょっとドギマギしてしまった。

「俺も兄歴長いんで。ガキのころなら弟の好きなものとかだいたい知ってたんだけどなあ。正直いまはもう全然わかんねーや」

たとえば小さいころ弟はミニカー遊びが好きで、俺がむりやり外に連れだすとすぐ転んだりしてピーピー泣いてたのに、いまではバスケ部に所属してそこそこやれてるらしい。一方、大きくなった俺はねんどろいど遊びが好きで、先日弟が「タイチ兄ィのあの人形だけは何とかしてほしい」と母に漏《も》らしていたことを知り、夜こっそり泣いた。

俺と弟、どこで差がついたのか。

授業開始のチャイムが鳴った。他のクラスから遊びに来ていた連中があわただしく教室から出ていく。

曽我野がバネじかけみたいに勢いよく立ちあがった。

「じゃあ帰ったらもっかい話してみよっかな。中野、ありがとね」

そういって彼女が俺に向けた笑顔は、寝たフリしてて手の甲に一瞬当たって翳る日の光みたいに鮮やかで暖《あたた》かなものだった。

椅子を引いたり机を動かしたりする音で教室の中はかきみだされたが、俺はひとりだけひっそりとしたぬくもりに包まれていた。

「ありがとね、か」

曽我野のいったことばを、そっと口にしてみる。

はじめて接したようでいて、なぜだか心になじむことばだ。

「ありがとね――感謝のコトバ……」

デデーン

「アウトー」

「なぜゆえに！」

空気椅子状態でバック・トゥ・ザ・昨日した俺は尻餅《しりもち》をついてごろりとうしろに転が

ったが、そこは慣れたもの、自然に受身を取り、基本どおり両手で床をスパーンとたたいた。

その衝撃でドバイの建築なみに不安定な俺のマンガビル群は瓦礫《がれき》の山と化した。

「いまのがなんでアウトなんだよ！」

俺は仰向けに横たわったまま叫《さけ》んだ。

椅子のキャスターがきしんだ。カマタリさんが俺の椅子に座り、脚《あし》を組んでいた。

「タイチさん、曽我野笑詩に対して『あ、コイツ俺のこと好きかも』と思いましたナ。そうした思いこみはたいていかんちがいです。ある統計によると、告白してフラれた男性のおよそ八割がこうしたかんちがいをしていたとか」

「かんちがいでもいいじゃねーか！　ちっとは夢見させろよ！」

俺は手で顔を覆った。また最初からかよクソ……。

「タイチさん、このままいけばすぐにでも曽我野笑詩と**モミモミクリクリクリクチュクチュビクンビクン**──そうした展開を期待していましたナ。それは見こみが甘すぎるといわざるをえません」

「その擬音は極めてイカン！」

俺はいらだちまぎれに腕を伸ばしてマンガビルの残骸《ざんがい》を乱暴に撤去《てっきょ》した。

「あせりは禁物ですヨ」

「あせりたくもなるだろ！　何回ここにもどってきてんだよ！」

六月十二日と十三日を行ったり来たりするのはもううんざりだった。

ほかの曜日のアニメも観てーんだよ俺は！

起きあがってベッドに腰かけ、どうしたものかと考える。

机の上のカレンダーが目に入った。父が会社でもらってきたやつだ。子猫ちゃんの写真入りでカワイイ。六月のノルウェージャンフォレストキャットの子猫にゃんにつづく七月の子猫にゃんが早く見たいにゃんチキショウ。

「カマタリさん、由真子さんのスケジュールってわかる？」

俺がたずねると、カマタリさんは未来端末を取りだしメニュー画面を浮かびあがらせた。

「わかりますが、なぜですかナ？」

「由真子さんと大学の外で会うチャンスがないかどうか調べてくれ。何かあるだろ、バイトとかサークルとか女優の次男の地下室で秘密のパーティとかよォ」

「フム……これなんかどうですかナ」

３Ｄ映像が百八十度回転して俺の方に向けられた。「週に一コマ、東方大学《あずまの》の講義に出席しているようです。単位互換《ごかん》制度――つまりほかの大学の授業でも単位を取得できるシステムを利用しているのですナ」

東方大なら共学だ。問題なく中に入れる。つか、あそこ学生多いし敷地広いから、私服着て大学生のフリして歩いてりゃバレないんじゃないか？

それで授業受けちゃおうか。大学の授業ってよく知らんけど、サンデル教授の白熱教室みたいのなら楽しそうだな。大きな教室ならこっそりまじっててもだいじょうぶっぽいし。

「カマタリさん、俺、東方大に行ってくる。そこで由真子さんに会うよ」

「ウーン――」

カマタリさんは別の画面を表示させた。「しかし、ネックとなることが……」

「何だよ」

「タイチさんのワードローブがヒドすぎますナ。時空を越えるヒドさです」

どういうしくみかはわからんが、俺の持っている服の画像がズラリと虚空《こくう》に並べられた。

「そんなにヒドイか？」

「ヒドイですナ。成田《なりた》空港でタクシーに乗りこみ、『ヒドイ服』といえばまっすぐここに連れてこられるレベルのヒドさです」

「観光スポットかよ。浅草ならぬダサ草……ってやかましいわ」

ひとりでボケとツッコミを担当するのも空《むな》しかった。

いわれてみりゃ確かに俺の服はヒドイ。選び方がよくわからんし、そもそも服を買うカネがない。服を買うより先に、色々と買いささえなきゃならんモノがあるんだよ！

イカ娘《むすめ》とかな。

「よし、服買おっと。とりあえずカネ貸して」

期待はしていなかったが一応頼んでみた。

カマタリさんは頭を振る。

「同じことを納税者の面前でいってみてくださいナ。イチジクの葉っぱで隠しておけ、といわれるのがオチでしょうナ」

「昨日今日エデンの園《その》を追いだされたわけじゃねーから俺」

ケチくせえなあ、未来のやつらは。どんだけクリーンなカネの使い方してんだよ。いまいる政治家たちのあいだで生殖《せいしょく》能力を失わせるウィルスでも蔓延《まんえん》したのか？

「仕方ねえ、最終奥義《おうぎ》を出すか……」

ゆっくりと立ちあがる俺に、カマタリさんは声をおののかせながら「オオ」といった。

「ふたたび無よりお金を生みだすのですか。まるで錬金術師《れんきんじゅつし》のようですナ」

俺はゆらりとドアの方へ向かった。

「明日までに五万……これで足りるか？」

「そんな大金を……タイチさん、まさか命と引き換えにするつもりでは……」

俺はふりかえりもせず部屋を出た。

カマタリさんには悪いが、オンナコドモの感傷にはつきあっていられない。そもそも命と引き換えでないカネなどこの世にないのだ。

「マンマー」

俺は転がるように階段を降り、母のひざにすがった。

「アンタ、その頭どうしたの？　さっきまで黒かったのに」

未来からもどってきた息子を見て母は腰をぬかさんばかりに驚いていた。

「ああ、これ？　実はクラスの女子たちが『中野タイチ総受け本』ってのを回覧しててさ、それを見たショックで……」

わずかな時間で髪の色が変化したことについては何とかごまかし、あとは、

「モテたいんや！　攻めたいんや！」


の一点張りで、最終的に一万円をゲットした。

さらに家電《いえでん》の電話帳から目当ての番号をさがし、ダイヤルする。

「あ、もしもし、おばあちゃん？　俺俺、タイチだけど……いや、どうしてるかなーっ

て──」

父方母方の祖父母にもれなくカワイイ孫の声を聞かせることの見かえりに臨時のおこづかいを送金してもらう確約を取りつけた。

とどめは仕事から帰ってきた父で、ビールなど注いでやりながら、

「女子大生ナンパするんでカネがいる」

と男同士ハラ割って話すと、父は、

「このあいだまでハナたらしてたガキがいっぱしの口利《き》きやがって……」

とうれしさやさみしさなどさまざまな感情が入りまじったような表情を浮かべて、万札を俺の手の中に押しこんだ。

これで明日銀行に行って預金をおろせば目標の金額を越える。祖父母が送ってくれるはずのお金を後日銀行に預けるので、預金額はそのままだ。

「これぞ最終奥義・いただき二親等《シックス・ポケット》！」

カマタリさんに電話で経緯を伝えると、彼女は、

「ウーム……いわばクズ鉄の錬金術師ですナ」

といって「フフッ」と笑った。

Kamatari METHOD

第二部 クズなりに

Q 高校生の息子が最近、わたしや夫にお金をせびるようになりました。どうすればいいですか。（46歳・主婦）

報復として、
息子さんのマンガ・
パソコン・フィギュア
（人形のことですヨ）などを
窓から放り投げましょう。

Kamatari METHOD

2-1 恋愛に体を張れ

やだなあ。

恋愛《れんあい》ごときに体張るのなんてゴメンだよ。

俺《おれ》は安全圏《あんぜんけん》で恋したい。

身《み》の丈《たけ》に合った恋したい！

衣食住の次くらいに恋したい！

こんな右肩さがりの世の中じゃ恋愛なんかに夢持てねーんだよ。


ようやくセーブポイントの二十四時間後まで来ることができた。自己新記録だ。

曽《そ》我《が》野《の》笑《えみ》詩《し》とのトークも平常心でこなした。休み時間の寝たフリもパーフェクトなフォームだった。

下校途中、いつも乗りかえをする駅で改札を出て、駅ビルに入った。

「カマタリさん、カラオケでも行かねえ?」

と別れ際に誘う三輪《みわ》をなかば無視してカマタリさんは俺をひっぱっていく。

「カマタリさんが来てから俺たちのグループちょっと変になってきたな」

俺がいうとカマタリさんは、

「ヘン?　何がですかナ」

と首をかしげる。コイツ、俺のことああだこうだといってくるくせに意外と恋愛嗅《きゆう》覚《かく》ねーのな。

駅ビルはテナントがほとんど服屋の、いわゆるファッションビルってやつだった。俺はキョロっちまって、自分のいまいるのが男物のフロアなのかどうかすら判別できない。

通路のつきあたりに、入り口の構えからして「ダセーのお断り」というにおいを発している店がある。ショーウィンドウに飾られてる性別不明意味不明の服が金剛力士像《こんごうりきしぞう》みたいに俺を威圧《いあつ》する。

そんな店にカマタリさんは余裕で入っていった。

店員さんに、

「いらっしゃいませ」

といわれて、軽く会釈《えしやく》を返すほどにアレがしゃくしゃくだ。

「この時代のボタンはすべて本物なのですナ。すばらしい。二六五五年の春夏もボタンブームでしたが、本当に留めることのできるボタンがこんなにたくさんそろっているショップはありませんでしたヨ」

彼女は招きよせられるように、近くにかかっていた服を手に取り、体に当てた。

俺ははぐれないように彼女のあとをついてまわった。お香なんか焚《た》いてジャズ的なものなんか流してるこのオサレ空間にひとり取りのこされたら、たぶん失神する。

棚に並べられていたシャツをひろげて見ているカマタリさんと、姿見越しに目が合った。

「オヤ、タイチさん、ひょっとして……」

彼女はシャツをたたみもせずに棚にもどすと、例の端末《たんまつ》を取りだして俺の顔の前にかざした。

カメラのシャッター音をさかなクンが声帯模写《せいたいもしゃ》したような音が鳴った。

「ウーム、やはり……」

宙に浮かぶ無数のグラフがカマタリさんの周囲をすごいスピードで旋回《せんかい》する。

「どうしたんだよ」

「タイチさん、あなたは脳内の流行受容体《おしゃレセプター》が極めてすくない体質のようですナ」

「おしゃレセプター？　何じゃソラ」

「かいつまんでいうと、感覚器官から取りこまれたオシャレ信号が脳に伝達されづらいということです。手元の測定データでは十段階評価でレベル三となっています」

「あ、ゼロじゃねーんだ」

「はい。ちなみにレベル三というとアカハライモリのオスと同程度ですナ」

「なんで全裸《ぜんら》が基本のヤツらと互角なんだよ」

カマタリさんは俺の顔を見て「フフッ」と笑った。

「マ、わたしにおまかせくださいナ。すぐに最適なアイテムを見つけますからシテ」

彼女の端末から俺の上半身ヌードが映しだされた。

「ち、ちょっと……バストトップ解禁は早すぎる……ヨ……」

限界SEXYショットを誰《だれ》かに見られてやしないかと、俺はあたりを見まわした。さいわいなことに、オシャレ店内はオシャレな感じに薄暗くて、がらんとしていた。

カマタリさんの操作で、俺の映像にTシャツが着せられた。それはまるでアバターアイテムみたいに次々と別の服に変わっていった。

「トップスはこれでよし、と……。次はボトムスですナ」

俺の映像がズームアウトした。上は着ているが下は着ていない、極めてフリーダムなスタイルである。

股間《こかん》にはモザイクがかかっていたが、モザイク先進国に生まれそだった俺にはその向こうにあるものが俺のモノだと容易に識別できた。

色々なズボンがめまぐるしく俺の下半身をとおりすぎていった。

「ウム、候補の絞《しぼ》りこみに成功しました。地図を表示しますから、急いで取ってきてくださいナ」

店内の３Ｄマップが表示され、赤いマーカーが点滅した。

俺は指定された場所にある指定された服の指定された色の指定されたサイズのやつをせっせせっせと集めてまわった。気分はＡｍａｚｏｎの採集民《バイト》だ。

「さあ、早く試着室へ」

カマタリさんは店の奥へと俺を追いたてて、ふしぎブースに押しこもうとする。

「勝手に入っていいのか？」

と俺がきくと、彼女は乱暴にカーテンを閉めて会話を遮断《しゃだん》した。

「いま試着をしています。試着をしていますからナ！」

店中に響きわたる声でカマタリさんは俺の現状を大々的にアナウンスした。

彼女が選んでくれた、というか自分でピックアップしてきた服を着てみることにする。

まずはジーンズ。

……細いなコレ。

女の子にしてほしいジーンズの穿《は》き方《かた》第一位「ベッドで仰向《あおむ》けになり、足をあげて穿く」を俺自ら実践《じっせん》したくなった。

何とかケツをねじこんで鏡を見てみると、やっぱり細い。

女モンなんじゃねーのコレ？

俺ひとりで来てたら絶対選ばないタイプのズボンだね。

でもパンクな感じはする。そこでハッと気づいて上半身ハダカになってみると……やっぱりパンクだ。

体の貧弱さもあいまって、なかなかパンキッシュなスタイルじゃねーの。シドにはもう相談しないって決めたけど、これ見せたら「イイネ」っていってくれそうだ。

次に白いTシャツを着てみる。襟《えり》ぐりが広くあいていて頭がすぽっと入る。丈が妙に長い。全体的にシルエットがだらしない。母に見せたら「どこで買ってきたの、そんなヨレヨレなやつ」っていわれそうだ。

でもこれ……パンクじゃねーの。でかでかとプリントされてるこの文字列、よく見たらジョイ・ディヴィジョンの曲のタイトルじゃん。

これ着て一九七七年ロンドンにあった伝説のブティック「SEX」にふらりと立ちよったら「オッ、それどこで買った？」ってきかれてその店にたむろしていたジョン・ライドンと顔見知りになり、やがて結成されるセックス・ピストルズのオリジナル・ベーシストだったグレン・マトロックに代わって「ルックスがいいから」という理由で加入することになり、「タイチ・ナカノじゃ平凡だから、今日からオマエはシド・ヴィシャスだ」とジョン改めジョニー・ロットンにいわれた俺は――

あ、ヤバイ俺いま神をも畏《おそ》れぬ妄想しちゃってる。

そうか……シドは、ほかでもない、俺たちの心の中にいたのか……。

はじまるゼ、宗教改革《パンク・リバイバル》……。

「タイチさん、どうですかナ」

と声をかけながらカーテンを開けようとするカマタリさんの機先を制し、「聞いてくれよ、いまツイッターでダルビッシュ選手が俺に――」と家族に自慢《じまん》しに行く勢いでこちらからカーテンをめくり、打って出た。

「オオ、お似合いですナ」

値札のついたサングラスをかけたカマタリさんがこちらを向いた。

彼女の足元には店員さんがひざまずいている。

「靴《くつ》も選んでおきましたヨ。いつもの二十七cmを中心に三つのサイズを用意してもらいました」

店員さんが俺の足元に並べてくれたのは、爪先《つまさき》が反《そ》り気味《ぎみ》で、これ履いて前蹴りをみぞおちに突きさしたら相手悶絶《もんぜつ》まちがいなしなオサレ靴だった。

「さあ、履いてみてくださいナ」

カマタリさんにいわれなくとも、いま俺はつんのめるようなパンクのビートにつきうごかされている。

「豈履《あには》からんや！」

とばかりに三サイズすべて履いてみた。

「こちらは爪先にかけてかなり細くなってますので、ワンサイズ大きめくらいでちょうどいいと思いますよ」

店員さんのアドバイスに従い、俺は二十七・五cmをチョイスした。

「タイチさん、あちらのポロシャツの方も着てみてくださいナ」

とカマタリさんにうながされて俺はふたたび試着室にひっこんだ。

Tシャツを脱ぐとき、何か首のうしろがチクチクするなあと思い、さぐってみると、ブランドのタグと値札がついていた。

税込五九八〇円……たっけーなオイ。

ポロシャツの方を見てみると七九八〇円で、ジーンズにいたっては一二八〇〇円だった。

俺が「宵越《よいご》しのカネは持たねえ」をモットーとするトーキョー・パンクスだったからよかったものの、ロンドンあたりの連中だったらあっというまに白い暴動が起こって駅ビル・イズ・バーニングになっていただろう。

ポロシャツにはボタンが七つもついていた。

胸元全開のセクシースタイルでカーテンを全開にしたところ、

「こうした方がセクシーですヨ」

とカマタリさんに下五つのボタンをはめられた。店員さんもうなずいている。

「もしくは全部留めてもいいですナ」

カマタリさんは一番上までボタンをはめると、俺の肩をつかんで鏡の方を向かせた。

「どうですかナ？　気に入りましたかナ？」

「うん、いいね。これに決めた」

うなずく俺の鏡像をカマタリさんが俺の肩越しに見てにっこり笑った。

「いいですヨ。おしゃレベルが発情期にあるトルコスジイモリのオスと同程度までアップしました」

「イモリ以外に基準ねーのか？」

俺はヌメヌメと制服に着がえて、レジに向かった。

イモリがライバルなことなど知るよしもない店員さんはカウンターの上でオシャレに服をたたみ、袋に入れる。

「彼女さんですか？」

「えっ？」

財布《さいふ》の中身を数えていた俺は顔をあげた。

店員さんの目の先には、すでに店を出てほかの店のディスプレイを見ているカマタリさんがいた。

「すごくセンスがいい人ですね。他人に似合う服を選ぶのってすごく難しいんですよ。ああいう人がそばにいれば僕らスタッフ必要なくなっちゃいますね」

「ハハ……いや、どうも」

本当は服選んだのカマタリさんじゃなくて彼女の謎《なぞ》アプリなんだけど、それ公式リリースしちゃうと日本中のショップスタッフが必要なくなって失業しちゃうだろうから、日本を救う予定である俺としては何もいえなかった。

カマタリさんのいってた「体質」のせいかもしれんが、いつもの下校時よりずっと疲れた。俺は急行列車に乗りこむと、わずかに残った空席めがけて突進し、ババアを押しのけ腰をおろした。

「荷物、棚にのせますヨ」

俺の前に立ったカマタリさんは服屋の袋を俺の手から奪った。靴が入っているせいでけっこうな重さだったのだが、バスケのシュートを打つみたいにふわりと投げあげる。

「これで外側はとりつくろうことができましたナ。あとは中身です」

吊《つ》り革《かわ》につかまった彼女は端末から3D画像を小さめに映写した。

「あと四日ありますから、曽我野由真子《ゆまこ》の気を引きそうな話題を用意しておきましょう」

「まあ、俺の唯一《ゆいいつ》残る弱点といえばそこ、つまりフリートークだよな」

カマタリは「ハハン」と笑った。そのあいだも端末をいじる手は休めない。

「例の講義の題目ですが『可能性としてのグラウンド・ゼロ　~9・11以後のメディアと芸術』というものです。タイチさんの趣味・関心と重なる部分はありますかナ？」

俺は彼女のいったタイトルを頭の中で反芻《はんすう》した。

「9・11」ってあの、飛行機がビルに突っこんだやつだろ？　うっすらとは記憶にあるけど、当時ガキンチョだったから意味がよくわからなかった。

あとは何だ……「芸術」？

ねーな。

「メディア」は？　何かあるか？　……アスキー・メディアワークス……メディアファクトリー……マックスファクトリー……グッドスマイルカンパニー……ん？　「メディア」どこ行った？

「うーん、何もひっかからない」

「では曽我野由真子の趣味『映画鑑賞』というのはどうですかナ？」

「映画は好きだ。タイトルに〈劇場版〉とつくものは欠かさずチェックしてる」

「ホウ、それはそれは……では曽我野由真子の好む映画プログラムをリストアップしてメールで送ります」

そのメールの着信を確認し、本文を見てみると……うわ、ツマンなそうなのばっか！

「主にドイツの映画を観ているようですナ」

「ドイツ？　ドイツのアニメってどんなんだ？　クレイアニメとか？」

クレイアニメで思わずペロペロしたくなるキャラが作れるものかね。ま、現実的に考えて、ありえんよな。

……いや待て。「クレイ＝ねんど」だから……ペロペロあるでコレ！

そんな希望を胸に抱いた俺は、帰宅するなり弟の部屋のドアをノックした。

「おーい、ヒロミー、TSUTAYAおごるぞー」

ベッドに寝ころがって文庫本を読んでいた弟は体を起こした。

「え？　今日って一〇〇円の日だったっけ？」

「いや、ちがう。だがどうしても観たい映画があってな」

俺はドア枠《わく》にもたれかかった。「いっしょに来いよ。好きなの借りていいぞ」

「ホントに? やったあ」

弟は跳《は》ねおきて、俺に飛びついてきた。

背も大きくなって俺とほとんど変わらないくらいだってのに、小さいころと同じで弟は素直なカワイイ子だ。俺はこいつの笑顔を守るためなら何だってするだろう。

「よーし、行こうぜー」

俺は弟を抱っこするようなかっこうで連れだした。

「お母さーん、タイチ兄《に》ィとツタヤ行ってくるー」

俺と弟は自転車にまたがり、薄闇《うすやみ》に支配されかけている町をかけぬけた。

ツタヤに着くと、俺はいつものアニメコーナーには目もくれず、ヨーロッパ映画ゾーンに潜入《せんにゅう》した。

フランス映画ほどではなかったが、ドイツ映画もそれなりに品ぞろえがいい。カマタリさんのリストを見ながらピックアップしていくと、たちまち持ちきれないほどの量になった。

「タイチ兄ィ」

弟がかくれんぼでもしてるみたいに棚の向こうから顔を出した。「僕、これにする。これ、すごい怖いんだって、友達がいってた。それからこれ、タイチ兄ィも綾瀬《あやせ》はるか好きでしょ？　あとはこれも二人で観ようと思って、お笑いの――」

「おまえは何をいってるんだ」

俺はぴしゃりといった。

弟は手の中にある三本のＤＶＤと俺の顔とをかわるがわる見た。

「え？　何って――」

「なぜ三本も持っている？　俺が決めろっつーのか？」

「え？　でもタイチ兄ィ『好きなの借りていい』って……」

俺は頭を振った。

やれやれ、オメデタイな……。種《ギム》をまかずに実《フクシ》を食べる気かっつーの。

「ああ、そうだ。好きなのを借りていい！　借りていいが……今回その数とモノの指定まではしていない。そのことをどうかおまえにも思いだしてもらいたい。つまり……俺がその気になれば、借りられるのはＣＤ限定・当日返却限定ということも可能だろう……ということ……！」

俺は九本のＤＶＤとカネを弟にさしだした。「これおまえの会員証で借りといてくれ。俺はこっちの十本を――」

「ひどいよ、タイチ兄ィ……」

弟はがっくり肩を落として自分のＤＶＤを棚にもどしに行った。

ま、恨《うら》むんなら貸出枚数十枚までとかケチくせーことヌかしてるツタヤを恨むんだな。

帰りの道でも夕食の席でも、弟は俺とことばを交わすどころか目を合わせようともしなかった。

「いっしょに映画観るか？」

と誘ってみたが返事もせずに部屋へひっこんでいく。

やれやれ、ヘソ曲げちまったか……。

仕方なく俺はひとりでメモ帳片手に由真子さんの好きなドイツ映画を鑑賞した……が、眠すぎる。地味すぎ静かすぎ。

アニメだったら「紙芝居」の烙印《らくいん》おされて製作会社が株価爆下げ食らってるレベルだ。

途中、女の子のおヌードが登場し、「さすがヨーロッパさん！　くたばれハリウッド！」とパンク魂《だましい》がむくむくおっきしたが、全体的にいえば苦行でしかなかった。

徹夜《てつや》で観つづけたおかげで学校じゃずっと居眠りしっぱなしだ。授業中も休み時間も関係ない。

俺自身はまったく記憶がないのだが、あとでカマタリさんから聞いたところでは、俺は何度も先生に注意されていたそうだ。それでもグーグー眠りつづけたので、最後にはみんなあきれて放置したという。

マジこのときの俺は「体育館で綾瀬はるかがおっぱいバレーしてるぞ！」って校内で

大騒ぎになってもかまわず睡眠《すいみん》を優先させていただろう。それほどに疲れていた。

曽我野が、

「ねえ、中野《なかの》死んでんじゃないの？」

と心配してんだかバカにしてんだか、俺の体をつっつきに来たともカマタリさんはいっていた。

まあ当然それくらいじゃ目ざめないよね。「体育館で曽我野がおっぱいバレーしてるぞっ！」って男たちが色めきたったとしても、俺は動ぜず夢の中で「何がおっぱいバレーだ。そんなモンまな板バドミントンじゃボケ！」と切りかえしていただろう。

そんな昼夜逆転生活が三日つづいた。

映画の方は結局よく理解できなかったが、ひとつわかったのは、教室で寝たフリしてると精神的に疲れるが、ガチで眠ると肉体的に疲れるということだ。放課後、カマタリさんに起こされるときにはいつも全身がガッチガチになっていて、立ちあがれるようになるまでに時間がかかった。

三日目に家に帰り、机《つくえ》の上に見おわったＤＶＤを積みあげた。いままでまったく知らなかったジャンルなのに、ネットで得た知識によって監督《かんとく》とか俳優とかがリンクしていき、ドイツ映画について知ったかぶれそうな気になっていた。

俺は十九枚のディスクと、何を借りたのか知らんが弟の分の一枚を返却しに行き、メシを食い、風呂に入って、家族の誰よりも早くベッドに入った。
「攻略」の準備は万全だった。

Kamatari METHOD 2-2 物に当たっても人には当たるな

朝、目がさめると絶好の女子大生攻略日和《びより》だった。

もちろんそんなことは家族にいえないので、ふつうに制服を着て家を出る。

弟はあれから目を合わせるどころか食卓《しょくたく》に並んで着くのすら嫌がっている。反抗期と思うことにする。

カマタリさんと駅まで歩く。

昨日までは朝日を浴びると目がチカチカしていたが、今日は睡眠をたっぷり取ったのでそのまぶしさが快《こころよ》い。

「タイチさん、今朝は顔色がいいですナ」

手に提《さ》げた鞄《かばん》をぽこんぽこんとひざで蹴《け》りながらカマタリさんがいった。彼女の髪は朝の光にふしぎな青を淡《あわ》くうつろわせていた。

「昨日よく寝たからな。大学の授業がどんなにつまんなくても最後まで起きてる自信あるわ」

「大学は基本的に九十分授業ですが、だいじょうぶですかナ？」

「マジで？」

映画で九十分なら気軽に観れるけど、授業九十分はキツイ。「やっぱだいじょうぶじゃないかも」

「飲むと副作用でトンでもない悪夢を見て飛びおきてしまうサプリがありますが、服用しますかナ？」

「するわけねーだろ。副作用目当てで薬飲むバカいねーよ」

俺がいうとカマタリさんは、いつもカラスが止まってフンを落としてくる電柱の下をカニ歩きで迂回《うかい》し、俺の前に立ちふさがってニヤッと笑った。


ＪＲに乗りかえるときにいつもと反対まわりの電車に乗る。

目指すはもちろん東方《あずまの》大学だ。

大学も由真子《ゆまこ》さんも、俺が行くのを門戸《もんこ》おっぴろげて待ってろよ！


妙に携帯《けいたい》ゲーム機率が高い乗客といっしょに目的地のホームにどっと押しだされた。

駅のトイレに入って、個室で制服から私服に着がえる。鞄から靴《くつ》を出したとき、俺は自分の犯した重大なミスに気づいた。

学校の鞄しか持ってきてねーや俺。

トイレから出てカマタリさんに泣きつく。

「ルーズリーフと適当な筆記用具を持っていきなさいナ」

視聴覚室のカーテンの上っかわみたいなひだひだノースリーブワンピというふしぎチャン丸出しのかっこうをしたカマタリさんは、そういって鞄をコインロッカーにしまった。

自分は小さなポーチとSF端末《たんまつ》を手にしている。

「それだけで平気かな？」

「大学になじんでいる人ほど手ぶらなものですヨ。荷物はサークルの部室などに置けますからシテ」

「そんなもんかね」

俺はロッカーの空きスペースに自分の通学鞄をつっこんだ。

「そんなもんですヨ」

カマタリさんは端末を指でいじった。それに合わせてワンピースの丈《たけ》が長くなったり短くなったりした。

高校デビューをすっとばして、高校生ながらいきなり大学デビューするっていうんだから変な感じだ。

由真子さんの大学のときは門のところでとっつかまったが、今回はすんなり入れた。まわりの大学生は男女問わず八割方がテキトーな服を着ている。まあ俺のタンスの中のよりはマシだけど。

広い歩道を挟《はさ》んで、いかにも大学って感じの古い校舎と、オフィスビルみたいな新しい建物が向かいあっている。

大学って変なところだ。

由真子さんの出席する授業までは時間があったので、カマタリさんナビに従って「ラウンジ」というところに足を運んだ。

名前は高級そうだが、薄暗いホールにきったねえテーブルとぼろぼろのソファが並べてあるだけの場所だった。

俺たちのほかに五、六人が座っている。一時間目の授業ははじまっているはずなのに、こんなところで何をやってるんだろう。

こういう雰囲気《ふんいき》って高校にはない。

プライバシーというか、ひとりになれる場所がないんだよな、うちの高校って。「ここから先は三年生しか入っちゃダメ」とか「ここは一年以外いづらいスペース」って感じのテリトリー意識が空気として漂っていて、どこにいても気がぬけない。

近くの自販機でカマタリさんが缶コーヒーを買ってきてくれた。

彼女はソファに深く座り、吹きぬけの天井《てんじょう》を見あげながらコーヒーをすする。だらしなく脚《あし》をひろげているのだが、その奥はひだひだにうまいこと隠されて見えない。未来の技術か？

「前にいってた、本を買うって話、進んでる？」

たずねた俺にいつものとぼけた寄り目を向けて、カマタリさんはまばたきをくりかえした。

「順調ですヨ。いままでは一日二回、宅配業者がオタ資料満載《まんさい》のトラックをよこしてくれています」

「大人買い……ってレベルを越えてんな。そんなに買って、あの家に入るの？」

「時空ベルトコンベアで随時《ずいじ》未来に運んでいますからシテ」

「そっか、カマタリさんが自分で読むわけじゃないんだ」

「あちらに帰ってから読みますヨ。研究して論文を発表せねばなりませんからナ」

「ひとりでやんの？」

「そうですヨ。他人《ひと》にやらせるのはもったいない仕事ですからナ。オタク暗黒時代の文化史を、だいたい十年くらいかけてまとめあげる予定です。個別の作品をあつかうのはそのあとのことになりますナ」

「スゲーな。マンガとかも仕事で読むのはキツイだろうな」

カマタリさんは股《また》のあいだでぱっくり割れてるソファの革の中に指をつっこんだ。

「キツくはないですヨ。わたしは好きでこの仕事を選んだのですからシテ。この時代のことを調べるのが好きでしたし、いつか来てみたいと願っていました」

そこが俺には理解できないところだ。

カマタリさんは「好きだから」って理由で二十一世紀《こ》《こ》に来てる。

俺なら絶対にイヤだな。もっとほかにいい時代があるような気がする。この時代に生きているからなのかもしれないけど、社会も文化もロクなもんじゃねーって思ってしまう。

でもなぜか、カマタリさんに「この時代が好き」っていわれるとうれしかった。

「どうしたのですか、ニヤニヤして」

ひび割れたソファの表皮でチクチクしてかゆくなったのか、カマタリさんはふとももの内側をポリポリかいた。

「いや、別に」

俺は彼女の赤くなっている肌《はだ》から目をそらした。「つーか俺なら江戸時代とか行って小判とかゲットしまくって、大金持ちになるのになーって思って」

「アハハ、マアそういうのはちょっと……」

カマタリさんは笑って、ふとももで手をぎゅっと挟む。

「何だよ。欲がねえなあ」

「お金だけが人生ではありませんヨ。二十七世紀に帰ったらこちらでの経験を元に『カマタリ式恋愛術』『カマタリ式仕事術』『カマタリ式勉強術』という本を出版する契約をすでに結んでいて、契約金だけで約二億円が転がりこむことになっているのですが、マ、お金のための人生なんてつまらないですヨ」

「濡れ手に粟《あわ》じゃねーか！」

俺がいうとカマタリさんは手でふとももをぷるぷる震《ふる》わせて「フハン」と笑った。

チャイムが鳴らない代わりにカマタリさんの端末が「ピピッ」と鳴って時間をしらせた。

「そろそろ行きますかナ」

ラウンジは朝よりずっと騒がしくなっていた。いまの時間の授業に出ていた人といま学校に着いたばかりの人とでは顔にみなぎっているものがちがうように見えた。

「この時間に学校来るのいいなー。朝ゆっくり寝てられんじゃん」

「マア一限なんて必修でもなきゃ誰も取りませんナ」

俺たちは階段をおりてきた人の流れに乗って外へ出た。由真子さんのいる教室は向かいにある新しい建物の中だ。

入ってすぐのところにエスカレーターがあったので驚いた。

いたれりつくせりだな、大学って。

俺たちの潜入する教室は三階にある。部外者なのがバレないように自然な感じでエスカレーターのステップに足をかけた。

「タイチさん、緊張《きんちょう》していますナ。表情が硬《かた》いですヨ」

前を行くカマタリさんがふりかえって俺を見おろした。

「会ったこともない人を相手にするんだから、そりゃ緊張もするって」

「ですがタイチさん、日本の未来はあなたに――」

「わかったわかった」

カマタリさんの端末が「ピピッ」と鳴った。

「オヤ、未来からの通信です。ムムッ、これは一大事……」

「どうした」

「国力低下のあまり、ネコちゃん用のトイレ砂不足が深刻化。そのため、ネコウンチ担当大臣のポストが新設されたそうです」

「人にいえねーだろ、そんな役職」

「タイチさん、ネコちゃんのためにも一刻も早く三姉妹を――」

「わかったわかった」

……こんなことにも俺が責任持たなきゃならんのか？

三〇七教室には映画館みたいな扉《とびら》が三つもあった。手で押すと重いので、肩をぶつけるようにして開ける。

意外なほどに大きく視界がひらけた。

スターウォーズの共和国議会みたいに急角度で落ちこんでいく階段教室で、カーペット敷《じ》きの床も連結された机もグレーで統一されているために暗く見えそうなのを白い天井と大きなスクリーンが中和していた。

俺たちが立っているところのさらに上段にも席があって、こちらから見ると窮屈《きゅうくつ》な印象を受ける。天井がずいぶん低い。どうやら二階席があるようだ。

「広いとこだなー」

口を開けてつっ立ってる俺にカマタリさんが耳打ちした。

「モグリ丸出しですヨ。そういう感想は胸にしまっておいてくださいナ」

「あ、そっか」

俺は首をすくめてあたりを見まわした。扉の内側で立ちどまっている俺たちは通行の邪魔《じゃま》になっているようだったので、近くの席にひとまず着いた。

「で、どこにいるんだよ、由真……いや、ターゲットは」

声をひそめてカマタリさんにたずねる。

「コードネームUMA《ユーマ》でしたら、ホラ、あそこに」

また変なあだ名つけやがってと思いつつ彼女の視線を追うと、空の教壇《きょうだん》と向かいあって座るひとりの学生がいた。

「ん〜？　あれがそうなの？」

「そのようですナ」

「マジかよ。あれはタレントにカンペ出すスタッフのポジションだろ」

俺はふりかえって、うしろの席を仰《あお》ぎみた。

教壇から遠い順に席は埋まっていっていた。誰だってそっちから座るだろう。そういう空気はモグリの俺だってわかる。空気はルールだ。

由真子さんと俺たちのあいだには空の机《つくえ》だけが規則正しく並んでいた。

「なんでわざわざあんな前に座ってんの？」

「まじめなんでしょうナ」

カマタリさんはひとことでかたづけるが、それは二十一世紀の空気を読むセンスがない証拠だろう。

あそこに座るのは完全にアウトだ。

この光景を母に見せてやりたい。サッカーのオフサイドが何なのかいまだにわかってない母に「ああいうとこに居ついちゃうのがオフサイドだよ」って説明してやりたい。

「こういうのってホラ、気まずいでしょ？　だから反則ね」ってのがオフサイドというルールにこめられたメッセージだと俺は理解している。

「ホラ、ＵＭＡの近くの席を確保してきてくださいナ。わたしはうしろで見ていますからシテ」

カマタリ監督の指示で俺は前線へとオーバーラップしていった。

段差のある通路をおりていくと、由真子さんがふりかえった。足音で先生とかんちがいしただけらしく、俺の顔をちょっと見てすぐ正面に向きなおった。

俺は「いやらしいことばかり考えている男ではありませんよ。そもそも芸術とは――」って書いてあるような顔して彼女のすぐうしろの列に侵入した。こうした顔面理論武装は士郎正宗《しろうまさむね》先生のエロチックイラストストーリー『ＰＩＥＣＥＳ』シリーズをお店で購入するために習得したものだ。それはともかく先生、早くハードＳＦの新作出してください。

まうしろはないわ、と思い、由真子さんの斜めうしろに座った。映画館みたいな折りたたみ式の椅子だった。

由真子さんはハードカバーの本を読んでいる。

ここでありうる声かけパターンの内、一番ベタなのは「何読んでるんですか？」だが、まあ怪しまれるわな。

それに、俺の経験上、そこから話がもりあがることってあまりない。


(かけ)「何読んでんの?」

(られ)「○○だけど」

(かけ)「おー、ソレいいよなー」


って流れはまずありえない。たいてい**(かけ)「何それ?」**って返されて、かけられサイドはそのド素人の声かけ野郎にジャンルのなりたちから説明するはめになる。

高一のとき、俺が読んでる本を声かけ側も知っていたことが一度だけあったが、そいつは、

「おおっ、俺以外にもそれ読んでるヤツいたんだー。○○とか○○(何かの略称)はやった? シナリオもいいけど音楽がマジ神。あ、ちなみに俺は兄貴がやってんのをうしろで見てただけだよホントホント。業界も神経使ってるとこなんで、それだけはいっとくわ**ドゥフフ**」

とかいってきて怖かったのでそれっきり話していない。

結局、前の方の席はガラガラのまま授業がはじまった。由真子さんは机につっぷすような姿勢でノートを取る。メガネかけてるのはダテではないようだ。

先生がスライドを映すために照明を消した。廃墟《はいきよ》とか中国の新しいビルとかワールドトレードセンターが崩《くず》れるとことか原爆投下直後の広島《ひろしま》・長崎《ながさき》の街並みとかの写真が次々に現れては消えた。こういうのが現代建築の流れに影響を与えているというお話だった。

教室のうしろの方からは私語もけっこう聞こえたけど、俺はおもしろい授業だと思った。由真子さんが別の大学からわざわざ来ているのもうなずける。

彼女は暗い中でもプロジェクターの光をたよりに、背中を丸めながらノートを取っていた。

地獄《じごく》のドイツ映画大行進で鍛《きた》えられたおかげか、俺は睡魔に襲われることもなく九十分授業を乗りきることができた。

先生はスライドのあとかたづけを助手らしき人にまかせて、そそくさと立ちさった。教室のうしろの学生たちは椅子や扉をガタガタ鳴らして出ていくが、由真子さんはまだ何かノートに記入している。

彼女にどう話しかけるかは前もってカマタリさんと議論して決めてあった。俺イチオシの作戦「『いや～、映画って本当にいいものですよね』とうそぶく」というのは却下されたが、いま考えてみれば確かにそれはギャンブルすぎた。やっぱりオーソドックスなのがいい。

「あの～」

俺は机からやや身を乗りだして小さな背中に呼びかけた。

由真子さんは草ムシャムシャすんのを中断したシマウマみたいにピクッと顔を起こし、左右を確認してからようやく俺の方をふりむいた。

「わたし……ですか？」

顔に「食われる側」的不安の色が浮かんでいる。

「はい。僕、これ今日がはじめてだったんですけど、最初の方の授業で参考文献《さんこうぶんけん》とか、先生いってました？」

予定のセリフを一応は最後までいえて、俺はほっとした。その場で「サンコーブンケン」ってことばが出てこなかったらどうしようかと心配してたんだ。

「参考文献……あー、ありますあります。えっと――」

由真子さんはノートの最初の方を開いて何度も目をとおした。「あれ？　ちょっと待ってください」

隣《となり》の机に置いてあった、巨大なもみじまんじゅうを二つ折りにしたような形の鞄をひっぱってきて、中をさぐる。

「あれ～？　ちょっと待ってくださいね」

彼女は立ちあがって鞄の中をのぞきこんだ。

話しかける口実だった「参考文献」を一生懸命さがしてもらっちゃって、何だか申しわけなかった。

「あっ、ありました！」

ちっちゃい手帳を俺に向かってかかげながら由真子さんは腰をおろした。

だが、椅子の座面は彼女が立ちあがったときすでに折りたたまれてしまっていた。

「ひゃっ」

という声を残して彼女はストンと姿を消した。はずみで鞄がひっくりかえる。こまごまとしたものの床に散らばる音がした。

「だいじょうぶですか？」

俺は身を乗りだし、彼女が吸いこまれていった谷間をのぞきこんだ。

由真子さんは、若い坊さんたちが「鎌倉幕府とか、マジやっちゃいましょうよ！」って騒ぐのを手で制しながら座禅を組みにかかる和尚《おしょう》さんみたいなかっこうで尻餅《しりもち》をついていた。

こちらの目に気づくと、彼女は、

「だ、だいじょうぶです！」

といって、あわてた様子でお尻を浮かせ、あたりに散乱するものを拾いはじめた。

「手伝いますよ」

「だ、だいじょうぶです！」

彼女は顔を伏せて鞄の中身を集める。

ビンか何かが机の下を転がって一段下に落ちていった。それを取ろうと由真子さんは机の脚に取りつけられた幕板《まくいた》のすきまに手をさしいれた。

「だいじょうぶですか？」

「だいじょうぶです！」

一歩引いたところから見てみると、机と机のあいだで丸いお尻がもぞもぞと動いている奇妙な光景があった。スカートがめくれて、ふとももの裏がきわどいところまであらわになっている。

「あの、やっぱり手を貸してください……」

弱々しい声が聞こえた。俺は机を乗りこえたが、目のやり場に困ってしまった。しゃがみこむと視界がお尻で覆《おお》われてしまう。

「あの、前の方をお願いします」

「前？」

俺は首を曲げて机の下をのぞいた。由真子さんは天板《てんばん》の裏に張りつけられているかのように動かない。

「この机の前に……お願いします」

立ちあがり、机をもうひとつ乗りこえると、由真子さんの頭と片腕がバラバラ殺人的勢いで幕板のすきまから突きでていた。彼女は俺を見て、恥ずかしそうに目を伏せた。

「ぬけなくなっちゃった……」

「あ、えっと……これはこっちから押したらいいんですか？　それともお尻……いや、うしろからひっぱりましょうか？」

「メガネ――」

「え？」

「メガネ……取ってください……」

いまわのきわの願いみたいな調子で由真子さんはいう。「そうすれば……何とかなりますから」

どう何とかなるのかはわからんが、息づかいが荒くなってきていてヤバそうなので、とりあえずいうとおりにしておいた方がいい。

俺は雨に濡れたエロ本のページをめくるような精密動作で彼女の黒縁《くろぶち》メガネのつるをつまみ、持ちあげるようにしてはずした。その間、なぜか由真子さんは目をつぶっていた。

「お手数かけます」

そういいのこして由真子さんは身をよじった。猟奇《りょうき》ひき肉殺人的勢いで彼女の腕と頭が狭《せま》いすきまにひきずりこまれていく。

「ふう」

無事脱出して机の上に顔を出した由真子さんは、一仕事終えたって感じでため息をついた。

俺はメガネを返すと、席にもどって彼女のメモ帳から参考文献のデータを写した。

由真子さんってドジッ娘だ。しかもいい人そう。

机のあいだに隠れるようにしてふたたび鞄の中身を拾いはじめた彼女に対し、罪の意識をおぼえる。

だって俺が彼女を「攻略」しようなんて思わなければ、こんなことにはならなかったんだから。

でも「攻略」っていう名目がなかったら、彼女とこうして会うこともなかったし、ましてや話すことなんてありえなかった、という見方もできる。

その点でいえば、俺的には悪くない話だが……いや、やっぱり悪いよ。

俺、別にこの授業の参考文献なんて知りたくねーもん。

話しかけるきっかけ作るために人を這いつくばらせて、「え？　あそこの大学からわざわ来てるんですか？」ってしらじらしく驚いてみせたり、「え？　妹の同級生？」って驚かせたり、何もかも知ってて知らないふりして——それは正しいのか？

日本を救う以前に、俺的にどうなのよ？

「ボクとキミでセカイが変わる」みたいなストーリーに「ケッ」って思ってた俺だぜ？　たぶん知らぬまに世界の一部として改変食らっちゃう大部分の内のひとりだよな俺って、と考えるとヘコんで夜ベッドの中で変なあせりみたいのに押しつぶされて胸がドキドキしちゃうような人間だぜ？

「あー、ダメだダメだ」

俺はシャーペンを放りだした。「やっぱムリ。由真子さん、すいませんでした」

立ちあがり、由真子さんに背を向ける。彼女のメモ帳もルーズリーフも机の上に放置する。何にも手をつけず、いますぐこの場を去りたかった。

「えっ？」

由真子さんが甲高《かんだか》い声をあげた。「なんでわたしの名前——」

それに答えず俺は通路の段をかけのぼる。相方の姿をさがすが、教室にはもう人影がない。

「カマタリさーん！　ごめん、アウトにしてくれ！」

「ヤレヤレ、仕方ありませんナ」

カマタリさんは二階席最前列の手すりに腰かけて足をブラブラさせていた。その様子がガキみたいなので、俺はなかばあきれて顔がほころんでしまった。

「そんなとこにいたのか。危ねーよ。落ちたらどうすんだ」

「平気ですヨ。どうせアウトでタイチさんの部屋にもどるのですからシテ」

デデーン

「アウトー」


自分の部屋にワープさせられて、まあ、いまさらな話なんだけど、ミスったかなって思いが心の中にじわりとひろがった。

だって俺みたいなクズが由真子さんみたいなドジメガネおっぱいお姉さんとお近づきになるチャンスなんて、もう二度とないだろう。

それにカマタリさんのミッションクリアも遠のいてしまった。

俺はベッドの上にばったり倒れて天井を見あげた。

「あーあ、クソッ」

ベッドの側にあるマンガの山に蹴りを入れた。トンガリ靴履いてるってことをまったく考慮に入れてなかったので、思ってたより派手に本がふっとんでびっくりした。

そういえば、こういうときに「やつあたりですナ」的なことをいってくるはずのやつがいない。どうしたんだろう。

突然、目の前がまっくらになって顔の上に柔《やわ》らかくて重たいものがのしかかってきた。

「ぐぉっ、むぐっ……」

「オヤオヤ、そんなところにいたのですか」

カマタリさんはベッドをきしませて立ちあがった。俺の顔に押しつけられていたのは彼女のケツだった。俺をまたいで立つ彼女の脚のあいだ、スカートの奥に白い布地がほの見える。

「おい、ちょっと……そのカッコ……」

「ン？　何か？」

彼女はひょいと片足をあげた。彼女は靴を履いたままだった。

「あっ、テメー土足で――」

「ン？　わたしに靴を脱げと？」

彼女は俺の顔をのぞきこんで首をかしげた。「しかし、単位面積当たりの雑菌量を指標とすれば、タイチさんのベッドよりもわたしの靴の裏の方がはるかに清潔なのですがナ」

「ウルセーさっさとおりろ」

手ぶりつきで命令する俺を無視してカマタリさんは俺のベッドをトランポリン代わりにボインボインと跳《は》ねまわった。

「あーっ、何すんだよ」

「やつあたりですヨ。作戦を台無しにされてしまいましたからナ。腹も立ちます」

彼女は床に飛びおりた。

そういわれると何もいいかえせなかった。

「駅のロッカーに入れた制服と靴はバックアップを取ってあります。あとで持ってきますヨ」

足早に部屋を出ていこうとする彼女の背中に俺はことばで追いすがるのがやっとだった。

「カマタリさん、ごめん。せっかくうまくいきそうだったのに、ぶちこわしちゃって……。でも何か俺、ああいうのはちがう気がしたんだ」

彼女は立ちどまり、アヒル口の横顔をこちらに見せた。

「いいんですヨ。今度の件で、タイチさんがどういう人なのか、すこしわかったような気がしましたからシテ」

「えっ？」

「また明日からがんばりましょう」

ドアに突いた手を支えに、彼女は靴を脱いだ。「余談ですが、政府の調査ではドジッ娘とつきあった男性の実に六割が『ドジすぎてむかつく』、三割が『思っていたほどドジではなかった』と、合わせて九割がドジッ娘に対して不満を持っていることがわかりましたが、がんばりましょう」

「それ聞いて『よし、がんばろう』ってならねーから」

カマタリさんはふりかえってフフッと笑い、透明でゴムみたいに伸びる靴をブラブラさせながら「チャオ」といって出ていった。

朝起きて洗面所に行くと、そこに弟がいた。

朝っぱらから気まずい。

腰をかがめて顔を洗っている弟の背後に立ち、何て声かけようか考える。**「いや～、兄弟って本当にいいものですよね」**か？

「うわっ！　びっくりしたぁ」

タオルで顔をふいた弟が俺《おれ》に気づいてあわててふりかえった。「いるならいるっていってよぉ」

「悪い悪い」

俺は相手の様子をうかがいながら笑ってみせた。

弟は俺のために洗面台の前のスペースを空けてくれた。

「タイチ兄《に》ィ、今日早くない？」

「そう？　ふつうだろ」

俺は蛇口《じゃぐち》をひねったが、思いなおしてお湯を止めた。「ヒロミおまえ、今日機嫌よくない？」

「え、そう？　ふつうだけど？」

タオルで顔の下半分を覆《おお》っているために弟の声はくぐもって聞こえた。

俺の半分眠ったままだった脳みそに現状認識がプリッと生まれた。

前の「アウト」でＤＶＤの件がなかったことになってるんだ。つまり弟は怒ってない。

「あ、そっかー。よかったー。いつものヒロミだー」

俺は弟の肩に腕をまわして抱きよせた。

「ち、ちょっと、何なの？」

突然のＢ　Ｏ　Ｓ《ブラザーフッド・オブ・スキンシップ》に、シャイな弟は身を離そうとする。もちろん兄の特権でそんなことは許さない。

「おまえとこうやって話すのひさしぶりな気がしてさ。何かうれしいんだ」

「昨日もしゃべったじゃん」

「そうだっけ？　あ、そうだ。今日帰ってきたらいっしょにツタヤ行こうぜ。おまえ観たい映画あるだろ？　『おっぱいバレー』だっけ？　あとは、ほら、怖いのとかエロいのとか……とにかく何でもいいからおごってやるよ」

「え～……今日のタイチ兄ィちょっと変だよ」

弟は俺の腕をふりほどいて逃げていった。

でも俺はやっぱりうれしい。弟とふつうにしゃべれるってのはいいもんだ。

「ヒロミ、おまえ『おっぱいバレー』ってどんな話か知ってる？　俺の予想では綾《あや》●はるかが弱小バレー部員に『試合で勝ったらおっぱい見せてあげる』っていっちゃう感じだと思うんだけど、これじゃベタだよな。だったら某強豪高校バレー部員の綾●はるかが変態《へんたい》コーチの命令で全裸《ぜんら》猛特訓を受けるっていう、実話を元にした感動ストーリーってのはどうだ？　ダメか。じゃあ綾●はるかのおっぱいが魔法《まほう》の力で奪われちゃうってのは？　そんで『返してほしくばバレーでわたしに勝ってみよ』とかいわれちゃうの、戸《と》●に。あんなハンデ抱《かか》えてちゃ、戸●恵梨香《えりか》だって魔法に頼りたくなるよ。でもそうすると全編CGで制作費が……おい、ヒロミ、話はまだ終わってねーぞ」

あまりにうれしいので俺は食卓でべらべらとしゃべってしまった。弟は困ったような顔で、

「またあとでね」

といって席を立ち、遅刻《ちこく》寸前かよって勢いで玄関に向かった。

「行ってらっしゃい。忘れ物ない？」

母の声にも答えはなく、ただ扉《とびら》の閉まる音だけが聞こえた。

「何だよあいつ。やっぱ反抗期かな」

俺は弟の残したホウレンソウのおひたしをクキクキ食った。

「おっぱいバレーなのかおっぱいバレエなのか、はっきりさせろ。話はそれからだ」

父が不機嫌そうな顔をして新聞をひろげた。


こうした経緯を駅から学校へつづく道の途中でカマタリさんに話して聞かせた。

「まったく難しい年頃だぜ、中二ってのは」

「心と体のバランスが大きく乱れる時期ですからナ。本人もとまどっているのだと思いますヨ」

カマタリさんは俺と同い年《おないどし》のくせに人生の大先輩みたいなことをいった。

「あんまおぼえてないけど、俺もあんな感じだったのかなあ」

「タイチさんはバランス崩《くず》れっぱなしで来てますからナ。もうすこし世間の目に対してとまどった方がいいと思いますヨ」

「未来人襲来《しゅうらい》のほかに何にとまどえってんだよ」

俺は笑ってポケットに手をつっこんだ。

たいして幅もない二車線の道を、すれちがう二台のバスがいっそう狭めていた。白線で区分けされた歩道を太いタイヤが踏みこしている。車道側を歩いていた俺はひじでカマタリさんを押して道の端に寄った。

「オヤ、あそこを行くは――」

彼女が伸びあがり、俺に顔を寄せてきた。その明るいブラウンの瞳《ひとみ》が見つめるものを求めて道の上に視線を走らせると、まあいたね。

本当なら学校裏門から入った俺が正門側までまわって出会って「ウヒヒ」「キモッ」ってなるはずだったアイツが。

油断してた。ここ最近の――つまり、ややこしい話だが、今日からの数日間の――徹夜映画鑑賞で疲れてたから、遠まわりになる裏道じゃなく正規の通学路を歩いちまってた。らしくないぜ俺。こんな表通《メジャー・シーン》りにいるなんてよォ。

しかし、油断してるのはあっちも同じだ。スカート短すぎ。脚長《あし》すぎ！　キレイ！　挟《はさ》まりたい！

曽我野笑詩《そがのえみし》アイツ、満員電車で変態会社員とか変態公務員とかにイヤラシイ目や手でアレされるなんてこと自分には（つか自分だけには）起こりっこないと思ってるんだろうな。

ところがどっこい、見てッから俺！

健全な高校生である俺だって、見ちゃうよそんなもん。

挟まりてーよ。

ましてや変態教師や変態自衛官や変態自営業なんかがそれを見た日にゃ――

だから脚とか出しちゃダメなんだよ！

もうホント……バカすぎる……曽我野のヤツ……マジ女ってバカ……**挟まりたい……**

ウゥ……。

「追いかけることにしますかナ」

カマタリさんが一度跳《と》びあがってかけだした。

「おい、ちょっと……」

電柱がじゃまですれちがうのに苦労しているバスのケツんとこに足をかけてカマタリさんはひょいと乗っかった。それが合図となったかのように、バスは対向車の引力から自由になって、速度をあげた。

「おい、ちょっと！　ちょっと待てバカ！　オーイ！　オイって！」

俺はカマタリさんも曽我野のことも追いかける気なんてさらさらなかったのだが、やむなく全力で走った。

ふざけんな未来人！　インドの通勤ラッシュじゃねーんだぞ！

カマタリさんの手にはあのハイテク端末《たんまつ》がある。また未来の技術使ってるんだ。でなきゃあの狭いバンパーの上に立ってこちらにニヤニヤ笑いを向ける余裕なんてないはずだ。

すこしずつバスに引きはなされていく。アスファルトに「30」と細長く書かれているのが目に入る。

ふざッけんな車社会！　一介《いっかい》の高校生に時速三十kmなんて出せっかよ！　ウサイン・ボルトじゃねーんだぞ！

心が折れた俺は走るのをやめた。地面を踏むたび、首のうしろに衝撃が走る。ひざがガクガクして、ブレーキが利《き》かない。

「クソッ……アイツいつか裁《ハジ》く」

俺は地面に倒れこみそうになるのを何とかこらえて、ゲロ吐《は》くみたいなかっこうで手をひざに突いた。

ゲーゲーやる代わりにゼーゼーいっていると、

「あれ？　どしたの？」

という声が背後から聞こえた。

ふりかえって見ると、曽我野笑詩が不安げな面持《おもも》ちでつっ立っていた。手の中の携帯《けいたい》が白っぽく光っている。

「中野《なかの》、走って来たの？」

「あ、うん……」

「もしかして時間ヤバイ？」

曽我野は携帯の背にある液晶《えきしよう》に目をやった。

「いや、そうじゃなくて――」

俺は一度深呼吸して、体を起こした。「バスが……じゃなくて、その……うしろから見えたからさ」

「え、わたし？」

曽我野は携帯のカドで自分の胸を指した。俺がうなずくと彼女はやっぱり不安げな顔をして、携帯を鞄《かばん》の中にすべりこませた。

「あ、髪……いいじゃん、カワイイ」

歩きだした曽我野はあごを軽く持ちあげるようにしてふりかえる。

「そ、そうかな」

俺は鞄を肩にかけなおし、あとを追った。

俺の感覚では、髪切ったのはずっと前のことだった。でも六月十三日の曽我野にはいつも初披露《はつひろう》することになるんだ。

「うん、わたしその色好きだよ。中野っていつもどこで切ってるの？」

「これは近所の店。はじめてのとこだったんだけど、いい感じだった」

「そっかー。たまに新しいとこ行ってみると新鮮な気分になるよね」

「そ、そうだね」

もちろん俺にはそんなのわかるわけない。つか何だろう、この感じ。俺、タイムスリップのせいで何回も曽我野に髪型ほめられてるけど、いまいちスッキリ答えられない。

「あのさ……俺、こういうときどんな顔すれば……つか、どう返せばいいのか、わかんないんだけど」

「こういうときって？」

曽我野が歩をゆるめ、俺に並ぶ。

「いや、こういう……髪型のこととか。髪切ってから色んな人にほめてもらったんだけど、毎回恥ずかしくてさ。『ありがとう』ってのも変だし」

「えー、そこは『ありがとう』でいいでしょ」

「そう……なの？」

「そうだよ。だって、その髪にしたいって思ったの自分でしょ。似合うって感じたんでしょ？　それを人がほめてくれるっていうのは、自分の考えがまちがってなかったってことなんだから、うれしいでしょ。そしたら自然に『ありがとう』って出るでしょ」

「あー、なるほど……」

思ってた以上にまっすぐな意見が返ってきて、俺はむしろヘコんだ。

コイツけっこうちゃんとしてんなァ。

俺、心のどっかでバカにしてたわ、曽我野のこと。

いや、人目をひくようなイケメンや美人はいまでも下に見てるけどね。だってアイツら、人生EASYモードでしょ？　俺なんかあいつらの知らない敵とかイベントとかいっぱい見てるもん。「このアイテムがなかったら危なかったわ〜」っていうマンガDVDフィギュアボカロにゲームその他色々あるもん。だから俺の方が豊かな人生送ってる。

まあINFERNOモードで人生クリアして別エンディング見られるかっていったら、ちがうんだけどね。

とにかく曽我野のことは見なおした。コイツのEASYモードはキレイなEASYモードだね。

まぶしくてウザってえ朝の光が曽我野の長い髪を照らしている。さわやかでも何でもない日本の夏の朝日が彼女の髪に吸いこまれて、軽やかに輝く。

キレイだなあ。

俺の髪染めんのの倍くらいの人数でていねいにていねいに手入れしたんだろうなきっと。俺ならそうする。メンドクセーとか思わずに美容院かよって大事に大事にする。

「曽我野って髪キレイだな」

思わず口にすると、

「ありがと」

と素直に笑う。俺は苦笑するだけだ。

「あっ、それかぁ」

「何が『それかぁ』なの？」

曽我野の笑顔にアヒル口が加わる。

「さっきいってた『自然なありがとう』ってやつ。俺そんなふうにいえないわ。曽我野は何ていうか——慣れてる。いつもほめられてますって感じ？」

俺がいうと曽我野はイヤーな感じに目を細めた。

「え、何？　バカにしてる？　『コイツ調子に乗ってんな』ってこと？」

「いやいや、そうじゃなくて……」

ヤバイ……何か怒ってるっぽい。笑ってるっぽくもあるけど。

わかんねーよ。表情から相手の気持ちを読むなんてできねーよ。二次元だってたまに選択肢《せんたくし》まちがってフラグ折るレベルだっつーの。

デデーン↓「アウトー」の衝撃に備えて俺は、仁王像《におうぞう》からインスピレーションを受けて生みだした禁呪《きんじゅ》——邪悪なものから寺を守る仁王の口を開けている側が「阿《あ》」、そして口を閉じてる方が「吽《うん》」というこの両者のあいだに立ち「門《ゲート》」を閉じるための真言《しんごん》・「都斧陀《ツプダ》」を唱えた。

結果、セーフ！　ヤッタネ、人生山あり谷あり《アップダウン》！

「ヤアヤア、えみスィー、おはようございます」

学校に向かう生徒たちの流れに逆らってカマタリさんが走ってきた。

「あれ？　なんでこっちから来てんの？」

曽我野は俺との会話なんかほったらかしてカマタリさんの顔を指す。

おそろいのデカイ鞄を肩にかけて歩道をふさいでいた野球部員の列を突きやぶってカマタリさんは俺たちの前にやってきた。息切れとも笑いともつかない音を口から漏らしている。

「今日はバスで来てみたのですヨ」

「ああ、そゆことね」

曽我野が一歩退《ひ》いて、そこにカマタリさんが入り、俺と肩を並べるかっこうで歩きだす。

「イヤハヤ、バスという乗り物は排気ガスがひどいですナ」

「そうだよねー。この道狭《せま》いから直接吸っちゃうもんね。あれ体に悪いよ」

「ですナ」

カマタリさんと曽我野の会話はかみあってるようでかみあってない。カマタリさんが排気ガスにやられたのはバスのうしろにつかまってタダ乗りなんかしたからだ。

横断歩道で信号待ちをするすきに、俺はカマタリさんに耳打ちした。

「無茶すんじゃねーよ。あんなんされたらビビんだろ」

「好奇心ですヨ」

彼女は悪びれもせず答える。「ああした低速のヴィークルなら飛びのれるのではないかと思いまシテ。それに、古いムービーで見たのですヨ、あの乗り方」

「いつの時代か知らねーけど、いまの日本じゃダメなの。おまわりさんにつかまっちゃうの。わかる?」

「ポリ公なんてボコボコにしてバックレてしまえばいいのですヨ。どうせセーブポイントにもどればお咎《とが》めなしなのですからシテ」

「どこの有害ゲームだ」

俺がいうとカマタリさんは「ハハン」と笑って、なかなか赤にならない車道の信号機を見あげた。

Kamatari METHOD

2-4 ネコをかぶられる男になれ

昇校口で靴を上履《うわば》きに履きかえているときにメールが来た。

見てみると母からで、タイトルが「緊急《きんきゅう》」とあったのでビビったが、

「大海《ひろみ》が資料集を買うお金忘れていったから届けてあげて／一〇〇〇円ね／お願い」

とあったので、安心するやらあきれるやらカネは世間の何とやらだった。

「どしたの？」

カマタリさんと二人で携帯《けいたい》ゲームサイトの話をしていた曽我野《そがの》が、下駄箱《げたばこ》から出した上履きを簀子《すのこ》の上にぱたんと落とした。

俺《おれ》は不自然に通学路でいっしょになり、不自然に接近している曽我野の体に目をやった。

「いや、弟が資料集買うカネ忘れてったって、家から。だからちょっと行ってこないと」

「タイチさんの弟は東京飛鳥学園《とうきょうあすかがくえん》中なのですヨ」

カマタリさんがいうと曽我野は、

「あ、そうなんだ。知らなかった」

といって下駄箱に手を突き、しなをつくるようにひざを曲げて、内側に折れた上履きのかかとを直した。

「シテ、いくら必要なのですかナ？」

「ん、一〇〇〇円だって。つか一〇〇〇円くらいふつうに持ってると思うけどなあ」

「いや～、わかんないよ」

曽我野は口元に笑いを浮かべながらしかめっ面をした。「わたしの妹もここの中学なんだけどマジでバカで、この前『一週間所持金ゼロ円で学校行ったら伝説達成』とかいって、ホントに財布《さいふ》持たずに学校行ってたもん。アンタそれ何の伝説よって」

「ハハハ」

俺はコンビニで友達相手にマネー論ぶってた入香《いるか》ちゃんの口ぶりを思いだして笑った。

「ま、とりあえず行ってくるわ」

「わたしもいっしょに行きますヨ」

簀子のすきまを爪先《つまさき》でいじりながらカマタリさんがいった。

曽我野はアヒル口を作った。

「わかった。じゃ、教室で。チャオ～」

「チャオチャオ」

そういってカマタリさんは敬礼するみたいにこめかみのあたりで小さく手を振った。

俺は高校から入ったので、中学の方の校舎に行くのははじめてだった。

東京飛鳥学園高校に付属中学ができたのはけっこう最近のことだと聞いたことがある。建物も新しくてきれいだ。

制服は同じで、上履きの色がちがうだけなのだが、中坊諸君は俺とカマタリさんの異質さを鋭《するど》く嗅《か》ぎとったようで、すれちがいざまに好奇の目を向けてくる。

学校というのはとことん内向きの組織で、外から来た者のための道しるべもない。

特別教室が並ぶ廊下《ろうか》に出てしまい途方《とほう》にくれていると、

「二年A組は南棟《みなみとう》の三階ですヨ」

とカマタリさんが万能端末《ばんのうたんまつ》片手に教えてくれた。マジ何でも知ってて怖い。

「タイチさんは公立中学校の出身でしたナ。やはりここことは雰囲気《ふんいき》がちがいますかナ?」

階段の踊《おど》り場《ば》にある鏡をのぞきながら彼女がたずねてきた。

俺は足を止め、彼女が髪をいじくる様を眺めた。

「どうかなあ。建物はここの方がきれいだけど、ほかはあまり変わんないっぽいな」

「ホウ、そうですか」

カマタリさんは歩きだしながらも名残《なごり》を惜しむかのようにふりかえって鏡に目をやっ

た。「しかし資料によると、二十一世紀の公立学校は荒廃し、教育格差がひろがっていたはずですがナ」

「別に荒廃はしてないって。まあタチ悪いのはクラスに何人かいたし、授業中にフラッと教室から出ていっちゃうやつとかはいたけど」

「ナルホド。報告書に証言としてのせておきましょう。『はきだめのような環境からぬけだしたかった。だから俺は必死で勉強して東京飛鳥学園高校に進学したんだ』と」

カマタリさんは端末の立体ウィンドウに向けてしゃべった。音声メモか何からしい。

「いやいや、俺の母校はきだめじゃねーし。みんなちゃんとしてるし」

「フムフム、『俺以外のクラスメイトはみんないっぱしのストリートギャングになった』と」

「いやいや、みんなふつうだし。俺ぬきで同窓会してるらしいし」

「ホウ、それはムショの中で？」

「シャバだっつーの。つか俺んちから歩いて五分のサイゼリヤが会場だったっつーの」

カマタリさんのせいで嫌なこと思いだしちゃったよ。

ある土曜の晩、家電《いえでん》に電話がかかってきて、「同窓会やってるんだけど、中野《なかの》くんも来ない？」ってきかれたんだ。

中学校のとき好きだった女の子に。

同窓会があることすら知らなかったのにそんなことといわれて、とっさに「おー、行く行く。うしろでスゲーもりあがってんなあ。まったくもう……俺が着くまで宴《えん》もたけなわンなよ」と答えられるくらいずぶとい神経してたら、フラれるとわかっていながら彼女に気持ちを伝えることもできただろう。

　中二の連中でいっぱいの廊下は意外にも高校の校舎より静かだった。みんな割とお行儀《ぎょう》《ぎ》よく立ち話したり鬼ごっこみたいなのをしている。

　女子トイレから出てきた子がいて、ドアのすきまから女子便名物「鏡の前に長蛇《ちょうだ》の列」が見えた。高校のとまったく同じ光景だ。

「『俺の母校じゃ、男子トイレは阿片窟《あへんくつ》、女子トイレは売春宿だった』と」

「どこの魔界《まかい》だ。つか何の報告書だよソレ」

　カマタリさんは口だけ笑いながらプイッとそっぽを向いた。

「『俺が好きだった女の子は大学生とつきあっていた』と」

「何いってんだおま——え？　マジで？」

「ハイ。マ、体だけのつきあいだったようですがナ」

「ウソォ……。マジでショックだ……」

　とはいってみたものの、本当はそんなにショックではなかった。俺の好きな人は俺以外の男とつきあっているに決まっている。だって俺が好きになっちゃうくらいすてきな人なんだから。

俺をはげますつもりか、カマタリさんが俺の肩を抱き、ひっぱって歩かせる。

「タイチさん、気を落とさずに。わたし、そんな女にタイチさんの純潔《じゅんけつ》を汚《けが》されずに済んでよかったと思っているのですヨ」

「うるせーわ。そんな純潔、何の価値もねーよ」

肩組んで廊下を歩いている高校生男女を、ケガレなき中学生たちはぎょっとしながら見ていた。

「ここがヒロミのいる教室か。よし、入ってみよう。ガラガラ」

コント仕立《じた》てのセリフとともに教室のすべり戸を開けた。

中学生って、教室の前扉から人が入ってくるのを察知するセンサーを体内に埋《う》めこまれでもしてんのかねアイツら。俺が一歩足を踏みいれると、その汚れなき瞳やそうでもない瞳を一斉に向けてきやがった。

せっかくここまで注目を集めたので、何かやってみようという助平心《パンク・スピリッツ》が起こった。

俺はコイツらと一期一会《いちごいちえ》だが、弟はちがう。だったら体を張ってでも弟におもしろエピソードのひとつやふたつ提供してやるのが兄の務めだろう。

「中野ヒロミィ……出てこいやあ！　今度はバイクで勝負じゃコラァ！」

声を張りあげ、近くにあった無人の机を蹴《け》とばした。

ここで弟が登場し、

「もう、タイチ兄《に》ィかんべんしてよー」

となって教室中ドッカーン――緊張《きんちよう》と緩和《かんわ》、これすなわち笑いの基本ね。

だがこのとき……！　まさかの弟不在……！

教室のうしろの方で固まっていた女子グループのささやきに「先生」「職員室」という単語がまじる。

俺は蹴とばした机の隣に座っているおとなしそうな男子にそっと話しかけた。

「ヒロミどこにいるかわかる？　俺、兄貴なんだけど」

「たぶんC組の教室に行ってると思います」

「そっか。ありがとな」

必要な情報はすべて吐かせたので、俺は廊下に出て面接終わりみたいにきっちり両手で戸を閉めた。

「兄貴来てハイテンションでダダスベリ——オオ、わたし生まれてはじめてハイクを作りましたヨ」

カマタリさんが手をたたいて笑う。

「それはね、川柳《せんりゅう》っていうんだよ。季語《きご》がないからね」

俺は人にやさしくなっている自分に気づいた。

そう……誰にだってまちがいはある。

「それにしてもひどいスベりようでしたナ。わたしの兄があんなマネをしたら、ペットのチロちゃんをけしかけて毒の蹴爪で一刺しさせているところですヨ」

「だからチロちゃん何者なんだよ」

俺は廊下を歩きながら考える。

二年A組の弟が二年C組の教室に行っている。いったいどういうことだ？

まさか……ヒロミのやつ、不良グループに呼びだされてそこにムリヤリ参加させられてるんじゃ……。

ありうる話だぜ。顔がかわいくて勉強もスポーツもできる。おまけに兄貴は平成のシド・ヴィシャスの異名《いみょう》を取る屑野郎《パンクス》——

嫉妬《しっと》を買わないほうがおかしいよ、このスペック。

そうすると今度はさっき以上のコワモテでいくしかない。そして弟をいじめてるやつらを、具体的にどうするかはわからないがカマタリさんの殺人端末で何とかして、二度と手を出せないようにしてやる。

笑いはいっさい必要ない場面なのでコント仕立てとかもなしに二年C組の扉をガラリとやった。

そこで見たものといったら――まあ我が目を疑うとはこのことだね。

教室の真ん中ですくなからぬ男女が入りみだれて、楽しそうにおしゃべりしとる。

入りみだれてってのはちょっといいすぎかもしれないが、椅子や机にそれぞれ気ままに腰かけて、うちとけた感じでトークしてる。

こんな光景、マンガかアニメか「学校でしちゃお♡」的な動画でしか見たことねーぞ。

現実世界では寝たフリばっかだったから見たことねーぞ。

……待てよ。つーことは、俺は見たのか？　それとも見てないのか？

見ることっていったい何なんだ？

見たものと見てないもののちがいって何なんだ？

記憶とは……？

時空を何日かすっとばして大学の先生に質問しに行きたくなった俺がかろうじていま、ここに留まろうと決めたのは、その入りみだれ男女の中に弟の姿があったからだ。

横向きで椅子《いす》に座っている弟の両脇では、女の子たちが机《つくえ》の上に腰かけてキャッキャいって笑ってる。

生脚《なまあし》の玉座《ぎょくざ》に君臨《くんりん》するとか、どこの悪の首領だよって思った。

「あれ、タイチ兄ィ？」

女体《にょたい》を家具みてーにあつかっていた弟がようやく俺の存在に気づいた。「どうしたの？」

その声につられて乱れ男女の目が一斉射撃的な勢いで俺に向けられた。

「どうした、い、のじゃねーよ」

視線の圧力を押しかえすために俺は声を張った。「おまえカネ忘れてっただろ。うちからメール来たぞ」

「あ、そうだ。資料集のお金――」

弟は立ちあがり、何かを確かめるようにまわりの乱れ𦞠《だんじょ》どもを見まわす。

「ヤバイ、忘れた」「俺持ってきたー」という悲喜コモゴモの輪をぬけて弟は小走りにやってきた。

俺は財布《さいふ》から、一〇〇〇円札をぬきとり、弟にさしだした。

「ほら。朝あわてててっからだぞ」

「ごめん。帰ったら返すから」

「当たりめーだ」

俺が小突くふりをすると、弟は大げさによろめいてみせた。

弟の出した財布はぺしゃんこで、カネのにおいがなかった。

「いまいくら持ってんだよ」

「うんとねー、四二〇円」

スカスカの小銭《こぜに》入れを開いてみせる弟はなぜかすこし自慢《じまん》げだった。

「おまえなあ……。何かあったらどうすんだよ。つか携帯持てよ。オヤジが買ってやるっていってただろ」

「えー、いいよー」

弟はカマタリさんに同意を求めるような目を向ける。「別になくても困んないし」

「俺がいま困ってんじゃねーか」

やっぱり弟は反抗期なのかもしれない。ていうより「自分」ってものを持ちはじめたのかな。「みんながそうしてるから自分も」って理由で動くような年じゃないってことか。

「ヒロミックスは友達たくさんですナ」

カマタリさんに妙なあだ名で呼ばれて弟は照れくさそうに笑った。

「あいつらみんな部活で体育館がいっしょなんです。僕がバスケ部で、ほかはバレーとバドと、あと剣道――」

「ヒロミくーん」

弟の背後からかわいらしい声が聞こえた。

道を空《あ》けるようにいわれたと思ったのか、弟は俺を押しだすようなかっこうで教室を出た。

ボディタッチにすこぶる弱い俺は、

「おっとっと、何だ何だ」

と驚いてるっぽいことを口にしつつも、顔がニヤケてしまう。

だがその笑いも、弟の陰《かげ》から現れた影の正体がわかった瞬間、凍《こお》りついてしまった。

俺はまたしても目を疑ったね。

ホントだいじょうぶか、俺の目？

もしかして昨日の夜ネットで**「これがうわさのニャンニャン写真だ」**っていうＵＲＬを踏んだらメキシコの犯罪グロ画像見せられたんでスネてんのか？

教室の敷居《しきい》の内側で門番みたいに立っていたのは誰《だれ》あろう、曽我野入香ちゃんだった。

腕を組みスタンスを広めにとって「ドーン」ってな威圧感《いあつかん》を放っている。体はきゃしゃで顔カワイイのに「ドーン」って感じがする。「ドーン」って感じで顔面どつかれた記憶のなせるわざだろうか。

「ヒロミくんのお兄さん？」

入香ちゃんは小首をかしげて弟にたずねた。

弟は俺の肩に腕をまわし、胸を張った。

「そうだよ。僕の兄ちゃん、タイチ兄ィ。それからこっちはカマタリさん。タイチ兄ィの親友なんだ」

「はじめましテ」

ぴょこんと一礼してカマタリさんは「ムフン」と咳《せき》ばらいだか笑いだかわからんような声を発した。

「はじめまして。曽我野入香です。ヒロミくんからおうわさはうかがっています」

入香ちゃんは組んでいた腕を解《ほど》き、四十五度のきれいなお辞儀《じぎ》をした。

あ、これがうわさの平行宇宙だなって思った。

実の姉をブスだかブリだかマグロだかと呼んで、俺をパンチから顔面キックの流れで葬《ほうむ》ろうとした入香ちゃんがいた宇宙とは別の、礼儀《れいぎ》正しいよい子の入香ちゃんがいるアレに迷いこんじまったにちがいない。カマタリさんが時空を好き勝手にいじるからバチが当たったんだ。

「あ、どうも……二人は、その、同じクラスなのかな？」

俺が非コミュなのはどうやら元の宇宙と共通してるっぽい。

「いえ。ヒロミくんは二-Aで、わたしは二-Cです」

入香ちゃんは休めの姿勢でハキハキと答える。

「曽我野は剣道部なんだ。で、部活の休憩《きゅうけい》時間とかによくしゃべるの。ね？」

弟が身を乗りだしてたずねると、入香ちゃんは小さくうなずいた。

「ほう、剣道ね……なかなかの腕前と見える」

なかなかどころか思いっきり強くなぐられた痛みを思いだしながらいうと、弟は俺の肩に強く重みをかけてきた。

「うん。すごい強いよ。本気でやったら三年の先輩全員倒しちゃうくらい強い」

「そんなことないよぉ。わたしなんてまだまだ」

と入香ちゃんはあくまで謙虚《けんきょ》。うーん、平行《カワイイ》！

「タイチ兄ィ、さすがだね。一瞬で曽我野の実力を見ぬいたんだ」

弟が俺に全体重を預ける感じで寄りかかってきた。

「あ、ああ……まあな。立ち姿とか、そういうのでわかる」

「達人は達人を知、る、というや、つで、すナ」

カマタリさんは吹きだすのをこらえて鼻の奥をキュウキュウ鳴らした。

「えー、お兄さん何か武道やってるんですか？」

敷居を軽やかに飛びこえて入香ちゃんが俺のそばに寄ってくる。高校生とちがってどこかすきのある甘いにおいが俺の鼻をくすぐる。

「いや、何もやってないけど……何となくわかる。得意技もわかるよ」

「マジで？」

弟はヘッドロック状態で俺にくっつく。「当ててみてよ」

「たぶんね、たぶんだけど……飛びこみ面、かな？」

「わー、すごーい。当たりですー」

入香ちゃんは口を手で覆《おお》った。ホンにカワイイのう。ストリートでも飛びこみ面打ちを武器にKO量産してる点をのぞけば、だけど。

「やっぱすごいなー、タイチ兄ィ。K-1とか観てても解説者より詳しいもんね」

「まあな」

リアルファイトじゃ佐々木《ささき》希《のぞみ》に口ゲンカで泣かされるレベルの俺だが、弟の前でいいカッコするくらいは許されていいと思う。

そもそも本当に強いヤツはベラベラ解説したりしないものだからな。

ん……？　てことは、解説するどころか目の前の試合に興味を示しすらしない佐々木希が最強ってこと？

……まさかな。ノゾミールがケンカなんてするわけがない。俺のノゾミールがメキシコのプロレスみてーな髪切りデスマッチで無敗を誇っていたなんてこと、あるわけがない。きっとシロツメクサ摘《つ》み競争してたのを誰かが見まちがえたんだろう。

「ねー、何話してんの？　わたしたちも入れてー」

おむすびみたいな子が机のあいだを縫《ぬ》ってこちらにやってきた。

「このあとマル秘ゲスト乱入でスタジオ大混乱？　でいったんＣＭね」

長い三つ編みの子がそのおむすびころりんを追ってくる。

コイツら、確か入香ちゃんの仲間だったたな。

「あー、キミら何だっけ。二人ともあだ名があるよな？」

「えー、すごーい。どうしてわかるんですか？」

入香ちゃんが祈るように手を合わせ、キラキラ輝く瞳で俺を見あげる。

「タイチ兄ィ、当てちゃってよ、二人のあだ名」

と弟がいう。こいつ親バカならぬ弟バカだな。

「よし、いまから思いだ……いや、当てるぞ。うーん……わかった！　チョンボとブービーだ」

「ちがいますー」

「偽《いつわ》りの予言者ね」

おむすびと三つ編みはむくれて抗議して来た。

「でも、けっこう近いかも」

入香ちゃんが笑って子分二人の方をふりかえる。

「タイチさん、次で当ててしまいなさいナ」

カマタリさんの声援を受けて、俺は簡易ポコチン・ヨーガのポーズでメディテーションに入った。あとは天からインスピレーションの矢が放たれて俺のおつむにズブリと突きささるのを待つだけだ。

「んー、ウサコとミッフィーだっけ？」

「ブルーナの絵本ね」

「ちがいますー」

「んー、おすぎとピーターだっけ？」

「YESおかまNOふたごね」

「ちがいますー」

「ん、わかった。エディとマーフィーだ」

「おしゃべりヒルズ・コップね」

「ちがいますー」

俺と肩組んだままの弟が腹を抱えて笑う。

「タイチ兄ィ、そろそろ正解いっていい？」

「おう、頼む」

俺はソレ何だったたっけ検索《けんさく》に必死なカマタリさんを横目に見ながら答えた。

「正解は……ロビコとムーピーでしたー」

「あー、惜しかったー。コレいい問題だわ」

さわやか笑顔で悔《くや》しがる俺に、おむすびと三つ編みがブーたれた。

「惜しくないー」

「インテリ芸人ふうコメントね」

「自分からわかるといいだしたくせに、よくもホザいたものですナ」

カマタリさんは肩をすくめる。

チャイムが鳴った。中学生たちの話し声よりも机や椅子の動く音の方が大きくなった。

「ヤバイ、教室もどんないと。うちの生活委員うるさいんだ」

弟は俺から身を離し、二、三歩行ってからふりかえった。「お金、ありがと」

「ああ」

俺が手をあげて応えると、弟は二年C組の教室をちらりと見やってから、二つ隣の教室へと走っていった。

「では我々もそろそろ行きますかナ」

「そうすっか」

カマタリさんにうながされた俺は入香ちゃんに手を振った。「じゃ、また」

「はい。さようなら」

入香ちゃんがお辞儀をすると長い髪がふわっと波打った。

「ヒロミをよろしく。アイツけっこうそそっかしいとこあるから」

そう俺がいうと、入香ちゃんはわずかに目を伏せて「はい」と小さな返事をした。

「あれはネコかぶってますナ。同性に嫌われるタイプですヨ」

と政府のイヌであるカマタリさんはいう。

中学生は校則どおりに予鈴《よれい》でみんな教室にひっこんでしまった。俺とカマタリさんは、人影のないままざわついている廊下の真ん中を歩いていた。

「いいんじゃねーの？　いきなり素を出してくる女ってキツイぜ？　ちょっと裏表があるくらいがカワイイよ」

要するにカワイイきゃOKってことだ。あとネコ大好き。

「ウムム、タイチさん、酸《す》いも甘いもかみわけたオトナの意見ですナ。男子三日会わざれば刮目《かつもく》して見ヨ、とはまさにこのこと……」

カマタリさんは眉間《みけん》にしわを寄せて俺を見あげる。

「そもそも俺、そういう裏表っていうか二面性のあるキャラって好きなんだよね。たとえば、一見ふつうの和服美少女だが実は直死《ちょくし》の――」

「オ、いつもの恋愛《れんあい》弱者なタイチさんがもどってきましたナ」

なぜかうれしそうにいってカマタリさんは手に提《さ》げていた鞄をひざで蹴った。

「ところでカマタリさんよォ――」

俺は彼女の首を抱えこみ、がっちりホールドした。「ヒロミと入香ちゃんが友達だってこと、どうしていままでいわなかったんだオイ？」

「きかれなかったからですヨ」

首をロックされたカマタリさんは千鳥足《ちどりあし》で歩く。

「まったく、使えねーな。これだからお役人は嫌なんだよ」

俺は力をゆるめた。カマタリさんは俺の腕から頭をぬいて、涼《すず》しい顔で髪を直す。

「いまの情報をふまえてセーブポイントからやりなおしますかナ」

「いや、このままでいい。入香ちゃん攻略ルートがうっすら見えてきてんだ」

俺のことばにカマタリさんは「オオ」と声をあげた。

「やはりタイチさん、急速に力をつけてきていますナ。あなたが今後どこまで成長するのかまったく予測不可能ですヨ」

そういってカマタリさんはまったく予測不可能な四次元的ムーヴで俺の首をフロントチョークにとらえ、絞《し》めあげた。

ふっと視界が暗くなったあとでまばゆい光に包まれ、気がつけば一面の花畑に俺はいた。そこでは無数の佐々木希が花を摘んで、花占いしたり首飾りを作ったりしていた。

Kamatari METHOD 2-5 男同士で恋バナはするな

「スキ、キライ、スキ、キライ、ノゾミ、ナオミ、ノゾ……ハッ、ここはいったい……？」

気がついたら電車の中だった。

自分がなぜこんなところにいるのかわからない。さっきまで弟といっしょに廊下《ろうか》でしゃべっていたような気がする。

「だいじょうぶですかナ」

隣にはカマタリさんが座っていた。その手には小さなビンがある。

「二十七世紀の気つけスプレーを使ってみました」

俺《おれ》の鼻や口やシャツの襟《えり》のあたりがすっぱいにおいの液体でビショビショになっていた。

「ああ……ありがとう。ここどこだ？」

「帰りの電車です。あと二駅で着きますよ」

「マジかよ……」

携帯《けいたい》の時計を見たら、確かに午後三時をまわっている。「うわ、今日一日の記憶ねーわ。俺学校で何してた？」

「いつもどおりのウスラトンカチでしたヨ」

「そっか……ならいいんだ」

俺は首をうしろに倒し、車窓の向こうの狭《せま》い空を見あげた。朝よりも穏《おだ》やかな青を架《か》線《せん》が長々と切りさいていく。

「ところで朝いっていた攻略ルートとはいったいどういうものなのですかナ？」

カマタリさんの声を、俺は電車が線路を蹴《け》る音越しに聞いた。

「さっき見たように、中学生ってのは安い。一〇〇〇円ぽっちで大騒ぎしやがる。そこを突くんだ」

「ホウ？」

「中国がアフリカ諸国にカネをバラまいて国連での票を買ってるだろ？　あれと同じで、入香《いるか》ちゃんにチョロッとカネや時間を投資し、交流を密にする。すると入香ちゃんはやすやすと俺になびき、その結果、俺は曽我野三姉妹に正式加盟して議決権を行使し、『押しかけ亭主条約』や『三姉妹川の字のどこで寝てもいいよ条約』を締結する……とまあこんな感じのロードマップを思いえがいているわけだが、どうかね？」

「ウーム……中国もとんだクズに目をつけられましたナ」

カマタリさんは俺のマネしてこつんと頭を窓ガラスに当てた。


部屋でノートパソコンを開き、ネットにアップされている臨死体験談を読みあさっていると、弟が入ってきた。

「これお金、返すね。ありがと」

「ああ」

俺は床を蹴り、椅子《いす》のキャスターでツイーッと移動した。

弟は帰宅したばかりのようで、スポーツバッグを肩にかけたままだ。時刻は午後八時をまわっている。部活のある日はいつも帰りがおそい。

「ヒロミ、ちょっと話がある」

俺はツイーッと机《つくえ》にもどった。

「風呂《ふろ》入ってからでいい？」

弟は部屋の外に出てドアを閉めようとした。

それを俺はツイーッと行って制止した。

「待て待て。大事な話なんだよ。すぐ終わるから。な？」

「う、うん……」

ツイーッともどる俺の軌跡《きせき》を、弟は若干《じゃっかん》の用心をうかがわせる目でたどり、ベッドに腰かけた。「話って何？」

俺はパソコンをシャットダウンさせた。

「あのさ、入香ちゃんっているじゃん？」

「曽我野入香？　いるけど――」

弟はすこし笑った。「それがどうしたの？」

「カワイイよな」

「え？」

「入香ちゃんってカワイイよな！」

「そ、そうかなあ」

弟はぎこちなく目をそらす。

そのしぐさ――俺にとってはおなじみのものだ。

俺と目を合わせた女たちはみんな決まってそんな態度を取る。そうやって自分の気持ちにウソをつこうとする。

「なあヒロミ、俺はおまえにウソをついたことがない――結果的にウソをついたも同じになったことはあったかもしれないけどな。でも、おまえに対してはいつも正直でいたいって思ってきたし、これからもそうするつもりだ。だから、おまえも正直に話してくれ」

俺はツイーッと床をすべり、弟の肩に手を置いた。シャツが温く湿《しめ》っていた。

「ヒロミ、おまえ……恋をしてるな？」

デデーン

「アウトー」

「ウッソだろオイ！」

俺の叫《さけ》びは空《むな》しく闇《やみ》に吸いこまれた。

同じ椅子の上にズドンと爆誕《ばくたん》した俺は、そのショックで電気椅子にかけられたみたいに全身をけいれんさせた。

「『恋をしてるナ？』って、タイチさん、それはないですナ」

あきれ顔のカマタリさんが弟のしてたようなかっこうでベッドに座っていた。

「それのどこがアウトなんだよテメー」

電気椅子処刑を食らったみたいに椅子のひじかけをきつく握りしめたせいで、俺の手の甲は白くなっていた。

「マアせいぜい『おまえ、アイツのこと好きなんだろ』くらいにしてほしいものですナ。男同士なのですからシテ」

「ふざけんな！　なんで兄弟の会話で赤の他人の顔色うかがわなきゃなんねーんだよ！」

俺は彼奴《きやつ》の爪先《つまさき》をひきつぶす勢いでツイーンと椅子を急発進させたが、逆にミサイルキックで返り討ちにあい、椅子ごと本棚にたたきつけられた。あの非人道的端末《たんまつ》の反重力装置とやらが作動していたら、本棚に飾ってあったねんどろいどぷちのみんなではなく俺の肉片が床に散乱していたことだろう。

カマタリさんは、スカートをすくいあげるようにしておさえ、座りなおした。

「タイチさん、ささいなことに思えるかもしれませんが、そういうところがあなたを恋愛・幸福・生きがいといったものから遠ざけているのですよ」

「そういうとこってどういうとこよ？」

「恋愛に対して構えすぎなのです。人を愛すること、人に愛されることは超自然的なことでも奇蹟《きせき》的なことでもありません。愛というものをもっと自然に受けいれてくださいナ」

「ンなこといったってよォ……」

「自然に、あくまでも自然に——武士《もののふ》が死を思うように、カニクイザルがカニを思うように、ですヨ」

「カニクイザルの気持ちなんざ知るか」

カマタリさんは「フムウ」といって立ちあがり、床に転がっていた俺のミクを拾いあげた。

「まあ、肩の力をぬいてやってみてくださいナ」

そういって俺の手の中にミクを立たせた。

「……わかったよ」

俺はカマタリさんがバンザイさせたミクの腕をもとどおりに直した。

「タイチさん式」
クズ入門
本当にクズの気分を味わいたい時は、The Boysの「Lonely Schooldays」がオススメだゾ!

Kamatari METHOD

第三部　クズなれど

ここはどこですか。（17歳・高校生）

Kamatari METHOD

3-1 雪見だいふくのあの棒は折るな

俺《おれ》たぶん世界で一番六月十三日の朝を効率よく生きられる人間だと思う。

目をさますと、まず最初に弟にセクハラぶちかまして家から追いやり、自分は余裕を持って家を出る。

通学路で曽我野《そがの》に会い、髪型をほめられたりほめたりする。

母からメールが来ると、二年C組の教室に直行する。弟にカネを渡し、入香《いるか》ちゃんと初対面の挨拶《あいさつ》を交わす。

「——まあ立ち姿でわかるんだよ。そんなことより携帯《けいたい》だ。なあヒロミ、やっぱ携帯あった方が便利だって。おまえのまわりでもみんな持ってるだろ?」

弟は教室の戸に寄りかかり、口をとがらせる。

「持ってるけどさ、全員じゃないよ」

「入香ちゃんは?」

俺がたずねると入香ちゃんは、

「持ってます」

といって白い携帯を取りだした。

「ほらー、やっぱみんな持ってんじゃーん。ちょっと二人寄って。そうそう」

俺は弟と入香ちゃんをくっつけて写真を撮った。顔の横でピースしてる入香ちゃんとそっぽ向いてる弟の映る画面を彼らに見せつける。

「ほらー、写真も好きなときに撮れるー。いいだろー」

「別によくないよ」

弟は自分の写真をろくに見もしないで答えた。

俺たちの会話を聞きつけて、おむすびと三つ編みがやってきた。

「おー、オランとウータンじゃねーか。キミらも携帯持ってるでしょ？」

俺がいうと三つ編みはニコリともせず俺の顔を指した。

「マレー語で『森の人』ね」

「ロビコとムーピーですー」

おむすびがほおをふくらませた。

二人の携帯は俺のと同じ時期に出たモデルだった。実は俺も携帯持ったの高校からなので、中学生と携帯の世代がかぶってしまうのだ。

「入香ちゃん、ちょっと番号教えて。俺のも教えるから。ヒロミが悪さしたらすぐに連絡ちょうだい」

「わかりました」

俺の頼みを入香ちゃんは快《こころよ》く聞き入れてくれた。

ひとりだけと番号交換するのは不自然なのでツレにも一応声をかける。

「イモトとバービーも教えてくれる？」

「東京ホルモン娘ね」

「ロビコとムーピーですー」

二人は文句をいいながらも番号を教えてくれた。

カマタリさんは、肩の力がぬけすぎてブランブランな俺をあくびしながら眺めていた。

まあ、中学生なんてちょろいよね。

どうして中学時代の俺は女子と話すのを苦手にしていたんだろう——そんなふうに考えてしまうほど入香ちゃんたちは話しやすい。俺の話をここまでちゃんと聞いてくれる人間はほかにいないんじゃないだろうか。たいしたことを話しているわけでもないのに、ちょっとリスペクトされちゃってる。

カマタリさんのいったとおりだ。大事なのは肩の力をぬくこと。余裕を持つこと。アイドルや女優がわけのわからんおっさんと熱愛発覚したりするのも、きっとそういうことなんだろう。おっさんとか余裕あるもんな。

その日の昼休み、俺は入香ちゃんのいる教室を再襲撃《さいしゅうげき》した。「入香ちゃん、いるかー」ってな具合に。実際にそんなことをいうと「天才ギャグマシーンを兄に持つ男」というレッテルに弟が苦しむことになるだろうからやめておいたけど。

手土産《てみやげ》として食堂の売店で買ったアイスを持っていった。ブツはもちろんアレだ。

「あー、ハーゲンダッツのクリーミー杏仁《あんにん》だあ」

俺の持参した袋の中身を見て入香ちゃんは甲高《かんだか》い声を発した。「わたしこれ大好きなんです」

「あ、そうなんだ。それはよかった」

前に本人から聞いて知っていたのだが、俺はとぼけて答える。

入香ちゃんひとりにだけってのも変だから、おむすびと三つ編みにも同じのを用意しておいた。

「わー、ありがとうございますー」

「神の領域三つで税込み八五二円ね」

俺と弟はいつものやつだ。

「タイチ兄《に》ィ、はい」

「ん、ありがと」

パピコ二種類買って半分こ。これが俺たちのマニフェスト。

「タイチさん、ひとつだけアイスでないのがまじってますヨ」

そういってカマタリさんがおっぱいマウスパッドの中身的なものをかざして見た。

「あァ？　そりゃ雪見だいふくっていうアイスだ」

「えー、カマタリさん、雪見だいふく知らないんですかァ？」

入香ちゃん大喜び。こういうとこ、やっぱガキ。想像力に欠けている。もしカマタリさんにアイスすら買えないものスゲー不幸な事情とかあったらどうすんだよ。

「これはいったい何を主眼とした食べ物なのですかナ？」

「主眼っていうか、アイスを餅《もち》でくるんであるのが特徴かな」

俺が教えてやると、カマタリさんは、

「餅で！　アイスを！　まさかそんナ！　アハハハハハハ！」

とこれまでにない勢いで笑いだした。

「餅は餅屋といいますがナ！」

意味わかんねえ。

蓋《ふた》を取れと催促《さいそく》されたので、開けてやった。

「これは何ですかナ？」

カマタリさんは中に入っていた緑色のプラスチックつまようじをつまみあげた。

「これか？　これはこうやってだな——」

雪見だいふくはカッチカチに凍《こお》っていた。俺がぶっ刺すと、つまようじの先っぽがバキッとへしおれた。

「アア、そうやって折って使うのですナ」

「折って使うって何だよ」

仕方ないので手で食べてもらうことにした。

カマタリさんはカチカチモチモチ食って口のまわりを白い粉だらけにした。

「ウン、これはおいしいですナ」

そういって手についた粉をスカートで払う。

「あーあもう、粉つけんなよ」

「先輩、これどうぞ」

入香ちゃんがポケットティッシュをくれたので、俺は二個目の雪見だいふくを口に放りこむカマタリさんの服をふいた。

「ほら、手ェ出せ。あーあ、鼻の頭にまでついてんじゃん。ドジッ娘のお菓子作りじゃねーんだから」

「おいしさの秘密はきっとこの粉にありますナ」

カマタリさんは俺がティッシュを当てるのをくすぐったがって口をとがらせた。

「ハッピーターンじゃねーから、それはねーな」

入香ちゃんたちは俺の介護《かいご》シーンを笑いながら見ていた。

「タイチ先輩とカマタリさんって、コントみたいですね」

「マア、煉獄《れんごく》のような時代にやってきているという意味では神曲《ディヴィナ・コメディア》的ではありますがナ」

カマタリさんはわけのわからないことをのたまい、「ムフチッ」とくしゃみをした。


入香ちゃんがネコかぶってるってカマタリさんはいったけど、本当にそうなのか俺にはよくわからない。

毎日遊びに行っている内に、入香ちゃんのクラスメイトである中坊諸君から、

「タイチ先輩、こんにちは」

って挨拶されるようになったのでびっくりしたが、入香ちゃんによれば、

「わたしからみんなにゆっといたんで」

とのこと。ゆっといたの内容がちょっぴり気になるけれど、そういう挨拶とか大事にする子っていいよね。ママっ子《マンモーニ》の俺としては、ママに会わせて恥《は》ずかしくない女の子としかつきあえねーし。

二次元の弱点ってズバリそこだよな。

中学生からさらにリスペクトされるべく、俺は社会派トークを繰りひろげる。

「女性専用車両ってあるじゃん？　アレはイカンと思うね、俺」

「えー、どうしてですかー。いいことだと思いますけど」

入香ちゃんはさっそく食いついた。やっぱこの子、パンク・スピリッツを持ってるな。

「ウム、痴漢《ちかん》目線ですナ」

カマタリさんが別の切り口から食いついた。

「ちげーよバカ。俺はただ……性別や階級や着ているシャツの色で乗る車両を指定される、そんな世の中はまちがってる——そう思っただけ」

「わー、キング牧師みたいだー」

「日本でいうところの王《ワン》ちゃんね」

おむすびと三つ編みには話をまぜっかえされたが、そうしたパンク・スピリッツでもってキッズたちを啓蒙《キック・アス》しつづけたおかげで、ついに来たね。

お誘いが。

『タイチ先輩、今度の日曜日、わたしの誕生日会をやるんですけど、もしよかったら来てくれませんか？』

家でぼんやりポコチン・ヨーガに励《はげ》んでいたら、こんな電話がかかってきた。

突然のことだったので、事前通告とか根まわしとかそういうのねーのかよとカッときて携帯持ったまま弟の部屋になぐりこんだが、部活の日だったのでまだ学校から帰ってきていなかった。

「お、おお、行く行く**フヒヒ**」

俺は電話の向こうに対してお辞儀する人みたいに、電波の向こうの入香ちゃんに対してキョドりながら答えた。電波の状態が悪いのか、「ムフン」という変なノイズがまじった。

『カマタリさんも呼びたいんですけど、番号聞くの忘れちゃって……』

「えっ、あいつも呼ぶの？」

俺がいうと「アハン？」と何かむかつく感じのノイズが返ってきた。どっかで聞いた音だなコレ。

「あー、じゃあ俺からいっとくよ」

『ありがとうございます。よろしくお願いします』

入香ちゃんの声に「フムウ」ってノイズが重なった。これって……いや、まさかとは思うが……。

『由真子《ゆまこ》ちゃんがタイチ先輩に会うの楽しみにしてるんですよ。あとパパとママも』

「あ、ああ、そうなの？」

入香ちゃんは色々しゃべったけど、俺の方は全部生返事だった。

まさかマジで曽我野家に押しかけることになるとはな。ここまで来たら、直前になってあちらさんのパパとママが仕事の都合で海外へ行っちゃう展開になっても驚かんぜ。

今度の日曜、お昼に曽我野家集合ってことを告げて入香ちゃんが電話を切ったあとも、俺は携帯を耳に当てたままにしていた。サーッというノイズが聞こえる。どうもまだどこかにつながっている感じがする。

「……カマタリさん？　そこにいるのか？」

受話器の向こうに恐る恐る呼びかけてみると、

『ハイハイ』

と返事があった。

「やっぱり盗聴《とうちょう》してやがったか……」

『マア、ヒマだったものでシテ。この家《イエ》、なかなかライスが来ないのですヨ。焼肉といったら白いメシでしょうが！』

「知らねーよ」

アイツなぜか焼肉屋にいやがる。それでいてサラッと俺の携帯盗聴してやがる。どうなってんだよアイツの道徳観念。

『ではまあ、タン塩から行っときますかナ』

サーッって音が大きくなった。肉焼いてる音かよコレ……。

『シテ、いきなりの親バレ……もといお呼ばれですか。いい感じですナ』

「まあそうなんだけど、だいじょうぶかなあ。俺、ちゃんとやれるかなあ」

『それは、入香っちのマンマを攻略するのは可能か、という意味でいっているのですかナ？』

「ンなこといってねーよ」

『入香っちのマンマは二十一世紀ふうにいえば永作博美《ながさくひろみ》似の三十九歳ハニカミ熟女で、タイチさんにはタマランところでしょうが、ここはひとつ三姉妹攻略に専念していただきたいのでシテ』

「それはちょっと気になるジャンルだが、とりあえずそのルートには行かねーから安心しろ」

『ちなみにわたしのマンマは和製ソフィア・ローレンの異名を取るパッショネイトな美人ですヨ。わたしにもその面影《おもかげ》があるでしょう』

「スフィア労連？」

声優さんの労働組合か？　あの業界もたいへんだっていうしな。

『しかし……困りましたナ』

「何が」

『肉ばかり食べていては、マンマに怒られてしまいます。偏《かたよ》った食事は美容の敵ですからナ。タイチさん、パーティの献立を野菜中心にしてもらえるよう、入香っちに頼んでおいてください』

「知るか。ライスだけ食って帰ってこい」

通話を切ってため息をついた。まったくアイツ勝手なことばっかいいやがって……こっちも腹が減ってきたじゃねーか。

俺は部屋を出てマンマのメシを食いに行った。ちなみにこの日の夕食は大好物のハンバーグ。マンマ大好き。

食後、ヘッドホンしてヘッドバンギングしながら数学の問題を解いていたところ、不意に背中を触られて、びっくりして椅子からドロップアウトした。

「あ、ごめん。ノックしても返事なかったから」

Tシャツ短パン濡れた髪の弟が石鹸《せっけん》のにおいをまきちらしながら机《つくえ》の側《そば》に立っていた。

俺は誘拐犯の電話を逆探知することに失敗した刑事の勢いでヘッドホンをはずした。

「バッキャローッ、脅《おど》かすんじゃねーよ！　アメリカだったらピストルでズドンだぜ？」

まあでも、ミックミクな高速チューンを裏声で熱唱してるときじゃなくてとりあえずよかった。

「あのさー、曽我野が誕生日パーティやるけどタイチ兄ィも呼べって――」

「あァ？　もう知ってるっつーの！」

俺はヘッドホンからドガシャカ漏れてる音を止めた。「さっき本人から電話もらったわ。おまえさ、オファーがあった時点ですぐに連絡してこいよ」

弟は頭をかいて髪からしずくを落とした。

「しょうがないじゃん。さっき帰ってきたとこなんだから」

「だから携帯持てってて。そんなことじゃネットワーク社会で落ちこぼれになっちまうぞ」

俺はノートパソコンを開いた。「まあそれはいいや。それよりさ、入香ちゃんへのプレゼントをネットでさがそう」

「あ、そうだね」

俺と弟はベッドの上に並んで腰かけた。

「なあ、カネ出しあおうぜ」

「いいよ。でも僕、あんまお金ない」

「じゃあ俺二〇〇〇円出すから、おまえ一〇〇〇円でどう？」

「うん。それでいいよ」

ブラウザを立ちあげ、検索《けんさく》ワードを入力する。

「中二だから……今度で十四歳になるのか。よし、『十四歳　女の子　妹みたい　欲しい』で画像検索だ。こうすると直感的に全体の傾向をつかめるからな」

検索ボタンをクリックすると、肌色《はだいろ》のサムネイルが画面狭《せま》しと並べられた。

「何コレ？」

弟は目を丸くしている。

「イカンイカン。十八歳未満の少年は見ちゃイカン」

そういう俺も十八歳未満なのだが、ここは年長者として緊急避難的に、そのケシカラン検索結果をひととおり調査・名前をつけて保存してから、ホーム画面にもどった。

「ふぅ、びっくりしたなあ」

「タイチ兄ィがヘンなことば入れるからだよ」

「そうだな。次はマジメにやる。えーと『女子　中学生　プレゼント　欲しいもの』と
……。これでどうだ」

クリックすると――まあその肌色青髪ピンク髪からなるイヤラシ画像の量たるや……

これでもかというくらい出てくるので、俺はブラウザを閉じた。

弟がバカにするような感じで笑った。

「このパソコン壊れてんじゃないの？」

「バッカ、オマエ……一台のＰＣでネットワーク全体に干渉《かんしょう》できるわけねーだろ」

親戚《しんせき》一同から「パソコンの先生」とたたえられている俺に向かって何いってんだコイツと思った。

今度の誕生日プレゼントに自分専用のパソコンがほしいと弟はいっていたけれど、この汚れたネットワーク社会を目にして健全な発育が妨《さまた》げられてはイカン。両親には弟にパソコンを買うのはやめて俺に大容量外付けＨＤＤを買いあたえるよう厳しく指導しておこう。

「しょうがない。カマタリさんに相談してみるか。あいつも一応女の子だしな」

俺は机の上に放りだしてあった携帯を取って、カマタリさんの端末にかけた。

『緊急事態ですかナ』

電話に出たカマタリさんは、ことばのすきまにフゥフゥと荒い息をついていた。

「あ、まだ焼肉屋？」

『イエ、もう家ですが、実は入香っちへのプレゼントをこしらえていまシテ……』

「へえ、手作りのプレゼント？」

『そうです。マンマ直伝《じきでん》のチェリーパイを焼いて持っていこうと思いまシテ、そのための窯《かま》を作っているところです』

「窯ァ？」

妙な感覚に襲われた。カマタリさんの声が二重に聞こえるような……。

俺は近くにある窓のカーテンをめくった。

隣家《りんか》に面したその窓からは、闇夜《やみよ》にこうこうと照らしだされた物部《もののべ》家あらためカマタリさんベースキャンプが見おろせた。一週間前には小さいながらも花壇《かだん》なんかあってきれいだった庭が、いまは謎《なぞ》のコンテナに埋《う》めつくされていた。リビングから庭に通じる掃《は》きだし窓が全開になり、そこから巨大なつたに似た煙突《えんとつ》が飛びでて、家にからみついている。

カマタリさんはコンテナのあいだに立って、こちらの窓を見あげていた。

「オマエ、窯って……家ん中に作ってんのかよ」

『ひとりで住むにはこの家広すぎますからナ。一部屋つぶせてちょうどよかったですヨ』

ムリヤリ接収しておいてヒデーな……。つか資産価値の下落を恐れない狂人ってマジ手に負えねえ。

『タイチさん、ヒマならいっしょにレンガを――』

「ヒマじゃねーよ。俺もう試験勉強はじめてるから」

『アア、なるほど。学生さんはたいへんですナ』

上から目線でいわれてイラッとする。

一応プレゼントの件を話してみると、

『学校で使うものがいいですナ』

といわれた。『校則の範囲内で個性を発揮できるもの、実用的でかわいいもの――これが理想的です』

「条件多いなあ」

『部活で使うタオルなんてどうですかナ？　何枚あっても困りませんし』

「おお、いいじゃん。じゃあ俺の宝物・初音《はつね》ミク痛《いた》タオルを――」

『ヒロミックスに選んでもらってくださいナ。それとは別にタイチさんは花を贈りなさいナ』

「花？　そんなん恥ずかしいよ」

『そうですかナ？　入香っちにあげるのではなく、アチラのご一家へのご挨拶と考えれば、無難な選択だと思いますがナ』

「あー、まあそうだな」

カマタリさんのおかげでこの難関を何とか突破できそうだった。

しかしメンドクセーなあ、誕生日とか。

その点、俺はみんなに気を遣《つか》わせない四月四日生まれ。新学期にはいつもみんなより
ひとつオニイサンなんだ。「獅子《しし》の日っておぼえてね。ガオーッ」っていうギャグを披露《ひろう》するチャンスは今年もなかった……。

電話を切ってふりかえると、弟が俺のすぐうしろに立ってカマタリさんちの庭をのぞいていた。

「カマタリさんの携帯、かっこいいよね。あれなら僕、ほしいかも」

「あれかあ……」

俺はコンテナの中から土嚢《どのう》みたいなのを抱えあげて運ぶカマタリさんを見おろした。

彼女はテカテカ光る謎のつなぎを着ていた。

「あれはちょっと……そこらへんじゃ売ってねーから。つまり、その……海外かどっかの限定モデルらしい」

「そっかー」

俺と弟はふたたびベッドに座った。

「タイチ兄ィ」

「ん？」

「タイチ兄ィってさ……ひょっとして、カマタリさんのこと好き？」

「あァ？」

いきなりきかれて、俺はナチュラルにシドみたいなひんまげ口になってしまった。何をいってやがるんだ。好きか嫌いかでいったら「もう好きにしてくれ！」っていうあきらめの境地に達しているわけだが――

そこでピンときた。ヒロミのやつ、カマかけてやがるな。この質問の本命は入香ちゃんだ。

「どうしたんだよ、急に」

「いや、何となく……」

弟はもじもじしている。

ここで「おまえ、恋をしてるな？」は不正解だから――

「ああ、俺カマタリさん好きー。ペロペロしたーい」

「あ、やっぱり？」

弟は目を輝かせた。

やっぱりな……。弟は俺が入香ちゃんのこと好きなんじゃないかと心配してたんだ。

その気持ちはわかる。恋のライバルが兄貴じゃやりにくいもんな。

ただ俺はやるよ。心を鬼《おに》にして、入香ちゃんを攻略するよ。この国の未来がかかってるんだからな。別にペロペロすることが主目的じゃないぜ。

「そういうヒロミはどうなんだよー。好きな子いるのか？」

といってつっついたら、

「えー、いないよー」

なんて答えるけど、弟よ、おまえの心は読める。なんせ俺は十四年もおまえの兄貴をやってるベテランだからな。

弟は目をそらして、俺のひざの上にあるパソコンの画面をのぞきこんだ。

「んー？　タイチ兄ィ、何コレ？」

「イカンイカン！　見ちゃダメだ！　コドモには早すぎる！」

俺はあわててパソコンを弟から遠ざけた。

「いや、『更新しますか？』みたいの出てたから」

弟の指摘に、俺も画面を見てみた。

「ん、ナニナニ……『アドオンの更新』？　何じゃらホイ」

よく見てみると、おとといインストールした、ＧｉｇａＥｒｏＳｅａｒｃｈという検索結果からエッチなもののみを勝手に抽出《ちゅうしゅつ》してしまう優れものツールだった。

そのアドオンを無効にしてもう一度検索を試すと、異常は何も見あたらなかった。

多機能ブラウザってのも善し悪しだな……。またひとつパソコンの先生として徳を積んじまったぜ。

で、あらためてその検索結果に目をとおすと、女子中学生がほしいプレゼントはｉＰｈｏｎｅ、トイプードル、現金、などという夢のないラインナップで、やっぱりネット社会はダメだなって思った。


翌朝、教室で曽我野に会うと、お呼ばれの件についてきかれた。

「中野《なかの》、ホントに来んの？」

「行くよ」

曽我野は俺の机の上に腰をおろして俺の顔をつくづくと見た。

「よくアレと仲よくなれたね」

「え？　何で？」

つか妹をアレ呼ばわりする姉って……。

「だってアイツ頭おかしくない？」

「おかしくはないだろ」

俺はこちらに近づいてきていたカマタリさんにさりげなく目を向けた。「礼儀正しいいい子じゃん。そこにいるやつの方がよっぽどアタマおかしい」

俺が親指で示すと、カマタリさんは「アーハン？」と不敵に笑った。

「自らの理解を超えた者を、あるときは『預言者』と呼び、またあるときは『狂人』と呼ぶ――いつの世も人のおろかさは変わりませんナ」

「こういうおかしいとはちがくて――」

そこまでいって曽我野は手で口を覆《おお》った。「あ……カマタリさんのことおかしいっていってるわけじゃないよ」

「わかってますヨ」

カマタリさんは俺のうしろの席に着き、クスッと笑った。

「妹はすごいケンカっ早くてさー、小学校のころからほかの学校の番長みたいなヤツと決闘《けっとう》して補導《ほどう》されたりしてたんだよね」

「マジかよ」

何つーか……これって俺と同時代の話だよな？

「あんまりしょっちゅう警察のお世話になってるもんだから、その元気を別のところに使えっていわれて、そんで剣道はじめたの。警察の中にある道場で。そのおかげでいまはだいぶおちついたんだけどさ」

パンクスの俺もことばを失ったね。

そもそもパンクって音楽に限らない広義のアートフォームっていうか、既存のスタイルに反抗するっていうアティテュードの問題だったんだけど、そういうシーンにただ暴れたいだけのバカどもが流入してきて本当の意味でのパンク・スピリッツというものが——要するに不良コワイ！


「どうしてそんな子になってしまったのですかナ？　原因に心当たりは？」

「何だろうねえ。ちっちゃいころわたしがイジメてたからかな」

曽我野があっさりゲロったので俺はズッコケた。

「おまえが原因だ！」

俺が問題の本質を指摘すると、曽我野はアヒル口をとんがらせた。

「しょうがないじゃん。お姉《ねえ》は子どものころから超頭よくてチヤホヤされてたしさ、妹は小さいからかわいがられて、わたし、ほっとかれてたんだもん。ヒマだったから妹たたいて泣かして遊んでた」

「それ、しょうがないっていわねーから」

「でもまあ、妹はそれで強くなれたよね。いまでは剣道に打ちこんでまじめにやってるっぽいし——まあよかったんじゃない？」

「イヤハヤ、鬼姉《オニアネ》ですナ……」

カマタリさんも目を白黒させている。

俺は完全にブチキレた。

入香ちゃんかわいそう……

曽我野笑詩《えみし》許さない……

オトナたち争いをやめない……

い●ものがかりブサかわいい……

「俺、何かあったら入香ちゃんの側につくからな。せめて俺だけはあの子の味方になってやりたいって思う」

「いいよ。そしたらわたしはお姉と組むから。お姉は優しいから大好き」

怒りに燃える俺をよそに曽我野は涼《すず》しい顔をしている。マジいっぺんなぐられなきゃわかんねーのかコイツは。年下のモンをいじめるなんて最低だ。俺も入香ちゃんの真似《まね》してコイツを無視することにしよう。

「話変わるけど、お姉が中野に会いたがっててさー」

「あら、マジですか」

俺の誓《ちか》いは一瞬で破られた。

「うん。妹から色々聞かされてるみたい。中野って映画好きなんでしょ？」

「……あ、ああ」

そういえば入香ちゃんにそういうことを話した気がする。社会派な話はソッコーでネタが尽きちゃったからな。

「どんなの好きなのかきいといてってお姉に頼まれたんだ」

「俺はその、ドイツ映画を少々……」

「へえ。お姉もそういうよくわかんない映画好きだからさ、話合うかもね」

来たぜ来たぜ。妹《エビ》で姉《タイ》を魅了《ツ》っちまったぜ。一度断たれたかのように思えた道がふたたびつながったぜ。

カマタリさんが曽我野からは見えない角度でウィンクしてきた。

「でも、わたしはヤだな。あんたにお姉を見せたくない」

曽我野は俺の机の上に手を突き、胸をそらした。

オイオイ……ここにきて由真子さんを出し惜しみか？　そうなったら俺も黙っちゃいねーよ。米騒動ならぬ姉騒動を起こしちまうぜ？　打ちこわされて泣くんじゃねーぞ！

「お姉は小学校からずっと女子校だから、ケガレてないの。だから中野はダメ～」

「ケガレあつかいかよ俺……」

「フーム、ケ、ケガレとナ……」

俺から見ても古くさく思える概念に、二十七世紀から来たカマタリさんは首をひねった。「そういった意味ではタイチさんも完全にケガレ知らずですがナ」

「ほっとけ」

俺はうしろの机を蹴《け》った。カマタリさんは「アハン？」と鼻で笑った。

Kamatari METHOD 3-2 女の部屋でかしこまるな

曽我野《そがの》の家の最寄り駅は俺《おれ》んちのと同じで急行の停まらないところだった。

ふだん乗らない私鉄の駅ってどれも同じに見えるけど、ここも例外じゃなかった。ただ、駅前にバス停を兼ねた広場があって、ちょっと豪華《ごうか》な印象を受けた。

商店街を分断する広い車道を渡って脇道に入ると、あたりの雰囲気《ふんいき》が一変した。まず気づいたのは自動車が見えないことだ。うちの近所みたいな外から丸見えの駐車場なんてない。立派な車庫つきの家ばっかりだ。

それとどの家も塀《へい》が高い。日曜の正午近く、人どおりもなく、車道の狭《せま》さとあいまってダンジョン気分な高級住宅街だ。

もともと金持ちの家か、悪いことしてるヤツらしかこんなとこには住めないだろう。で、曽我野んちはたぶん後者なんだ。

「入香《いるか》っちのパーパは飲食店をいくつも経営する実業家なのですヨ」

大きなバスケットケースを手に提《さ》げたカマタリさんがいった。中身は手作りのパイだという。

隣《となり》を歩く弟が「へえ」とあいづちを打って道の両サイドに建つお屋敷《やしき》を見あげる。その手には入香ちゃんへのプレゼント——スポーツタオルの入った紙袋がある。俺は駅前商店街の花屋で買った花束を手にしていた。

「マ、実業家というのは表向きの話ですがナ」

カマタリさんはふりかえり、俺の顔を見てニヤリと笑う。

「ヤクザだってんだろ？　前にも聞いたよ」

俺は彼女に思いっきりメンチきってやった。それが何だっつーんだよ。ヤー公が怖くてパンクスやってられっかよ！

アイツらどうせ裏で警察とつながってんだろ？　俺はポリと政治家とファシストとコミュニストがデーッキレーな生粋《きっすい》のアナーキストなんだよ！　面と向かってはいわないけどな。怖いから。

「曽我野のおじさんってヤクザなの？」

おもしろいジョークを聞いたってな顔して弟がふりかえる。

「ああ。会ったらドン・ソガノもしくは曽我野のオジキって呼ぶんだぞ」

俺がいうとカマタリさんは「フフッ」と笑ったが、弟はきょとんとしていた。

「タイチ兄《に》ィは曽我野のネーチャンのこと何て呼んでんの?」

「俺は曽我野だな」

「僕といっしょだね」

「そうだな」

「ごっちゃになるかも」

「まあだいじょうぶだろ」

俺のイメージでは、曽我野は部屋に閉じこもって出てこなそうだ。あそこの仲の悪さは根が深い。

「もうひとりネーチャンいるんだよね?」

「ああ、由真子《ゆまこ》さんな」

「どんな人かなあ」

「いい人だよ」

「タイチ兄ィ、知ってるの?」

「あ? いや……まあ、そういうのは下を見ればわかる。おまえがグッドボーイであることを知ってる人はみな、その兄である俺もまたナイスガイだと考えるだろう。そして俺は正真正銘《しょうしんしょうめい》のナイスガイだ。つまり下がよければ上もいいっていう命題は真だ。ちと難しすぎたかな？」

前を行くカマタリさんが「フハッ」と吹きだした。

「『自らをナイスガイと称するナイスガイはいない』という命題と矛盾《むじゅん》していますがナ」

俺はモリッシーふうに花束を抱えて、「あっちはジョニー・マー？　こっちは僕？」ってギャグを思いつき、ひとりでニヤニヤしていた。

「タイチさん」

カマタリさんが弟の様子をうかがいながら、俺にすりよってきた。

「何？」

「実は――」

彼女はそっと俺の手を取った。「タイチさんのほしがりそうなサプリ、見つかりましたヨ」

「サプリ？」

俺の手の中には、サプリと聞いて想像するのとはちがって、どくさいスイッチ的な形をした謎《なぞ》のメカが押しこまれていた。

「大人のキスがほしくてほしくてトロントロンになってしまうサプリですヨ」

「マ……マジかよ。そんなもん、世界の恋愛事情がひっくりかえるだろ」

「ターゲットと二人きりになったとき、このボタンを押してください。速効性の神経ガスが放出されて、脳内の恋愛信号受容体に作用しますからナ」

「ああ、こうか？　ポチッとな」

ボケで押すふりすると、カマタリさんは「ヘムッ」と声をあげて、三メートルほど飛びすさった。

「……冗談《じょうだん》でもそういうことはやめてくださいナ」

どうやら本当に効果があるみたいだ。俺はそれをポケットにしまいこんだ。

曽我野んちはデカくて塀がひときわ高くて、中の様子がうかがえない造りになっていた。門扉《もんぴ》はバーベキューに使えそうな黒い鉄板で、その上方にはこれみよがしな監視カメラがついている。

弟がチャイムを鳴らすと、性急とも思えるタイミングで、

『はーい』

とドアホンが答えた。

弟は俺とカマタリさんの視線が気になるらしく、背を丸めてドアホンの送話口に顔を近づけた。

「あ、あの……中野《なかの》ですけど」

『ヒロミくん？　待ってて、いま行くから』

入香ちゃんの弾むような声がプツッと途絶《とだ》える。

やがて鉄板みたいな門の脇にある、これまた防弾効果の高そうな通用門が内から押しあけられて、白いワンピースに、レースのカーテンをぶったぎって作ったような何かをはおった入香ちゃんが現れた。

「や、やあ……」

弟がぎこちなく挨拶《あいさつ》する。

「ヤアヤア、入香っち、ハッピーバースデー。これ、わたしの焼いたチェリーパイです」

カマタリさんが、二十七世紀のはやりだという、尻尾《しっぽ》みたいのがケツについたショートパンツの、その尻尾をブラリと揺らして入香ちゃんに歩みよった。

「わあ、ありがとうございます」

大きなバスケットを渡されて、入香ちゃんの足元がちょっとよろける。

「俺からは花を。花言葉は『その火、飛びこえてこいよ！』」

「わあ、ありがとうございます。キレーイ」

いやあ、入香ちゃんほどでも——と思いつつ、彼女に案内されて門をくぐった。

そしたら、まあ、いたね。

ヤクザが。

片腕に手首までびっしりタトゥーの入った、長袖要《ながそでい》らずなおっさんが玄関の前に立っておったよね。

徒手空拳《としゆくうけん》でヤクザの巣に乗りこんじまったよ俺。マヌケすぎるぜ。

おっさんの首から上は横分けヘアで眼鏡《めがね》してふつうのサラリーマンって感じだけど、まあ腕の太いこと胸板の厚いこと。スポ薦《せん》で入ったレスリング部のバカと同じくらいゴツイ。

素手でコイツに勝つのはムリだよ。武器として、ベースはムリでもせめてギターを用意してくれ。『ロンドン・コーリング』のジャケ写みてーにブンなぐるから。

「おーっ、キミらが中野キョーダイかあ」

ヤクザはきったねえジーパンに手をつっこんでこっちにやってきた。歩き方からしてチャライ。

「こっちがお兄ちゃん？」

ポンポーンと俺の二の腕をたたく。

ウッゼェ……。

俺の苦手なタイプのおっさんだ。

「ドモ……中野太一《たいち》ッス」

俺はアゴを突きだすようにして頭をさげた。初対面で「お兄ちゃん」はねーだろ、ってちょっとむかついていた。

俺、「お兄ちゃん」なんて呼ばれたことねーし。花田勝《はなだまさる》（現・虎上）氏じゃねーんだからよ。

「俺、曽我野吾郎《ごろう》。ゴローちゃんって呼んでね」

ヤクザがまた俺の肩をたたく。分厚いてのひらしてやがるぜ。

「すいません、タイチ先輩」

入香ちゃんが頭をさげた。「パパ、誰にでもこんな感じなんです。気にしないでください」

娘に気を遣《つか》わせておきながら、ヤクザはガハハッてな感じで笑った。

俺も調子を合わせてハハッと笑った。

「いやいや、ゴローちゃんはないッスよ、おじさーん」

さっき自分がされたように、俺はヤクザ親父の肩をポーンとたたいた。「紹介するわ。これが弟のヒロミで、そこにいるオカチメンコがカマタリさんa．k．a．俺の親友。よろしく頼むぜ、ゴローちゃん」

ヤクザは「オッ」て顔で俺を見た。

「タイチくん、ノリがいいねえ」

タトゥーの入ったぶっとい腕を俺の肩にまわしてくる。大蛇《だいじゃ》に巻きつかれているような気分だ。

「ゴローとヒロミで、あとヒデキがいれば新御三家だったのにな」

そういった本人とカマタリさんだけが笑う。

入香ちゃんはまぶしそうな顔で俺とヤクザ親父のツーショットを眺めていた。

「パパ、うれしそうだね。ずっと『男の子ほしい』っていってたもんね」

「ああ。俺、タイチくんほしい。誕生日プレゼントに」

ヤクザはハニカミヤクザスマイルを俺に向けた。

「ちょっとヤダ〜、ゴローちゃんってゲイなの？」

俺が脇をきゅっと締めていうと、ヤクザはガハハと笑った。

「ちがうよー。うち女ばっかだからさ、こういう友達みたいな父と息子《むすこ》ってあこがれなんだよね。女の子ってこのくらいの年齢《ねんれい》になると、やっぱ父親から離れてくじゃん？」

「あー、じゃあ俺、ここんちに移籍《いせき》してもいいッスよ。ただし、俺のマンマが作るのよりおいしいハンバーグが食べられるのなら、っていう条件つきで」

「入香、今日ハンバーグあったっけ？」

ヤクザ親父がたずねると、花束とバスケットを手にした入香ちゃんはじれたように体をくねらせた。

「んー、ミートボールみたいのがあったと思うけど」

「よし、じゃあ中入ってメシにしよう。みんな腹減ってるでしょ？」

俺の首を抱えたままヤクザは玄関へと向かう。入香ちゃんが小走りで先に立ち、花束をバスケットにのせて、ドアを開けた。

「あの手の人見知りは一度心を許すとそれにつけこんで図に乗りますからシテ、ヒロミックスも気をつけてくださいナ」

あとにつづく弟にカマタリさんが何かアドバイスしていた。

悪いことやってなきゃ住めない広さのリビングに、長いソファが置かれていた。そこに曽我野笑詩《えみし》と、例のおむすび三つ編みコンビが座っていた。三人とも巨大なテレビを見つめている。

「おっ、ディスコとフィーバーも来てたのか」

俺がいうと、二人組は画面から目を離さず、

「土曜の夜はサタデーナイトね」

「ロビコとムーピーですー」

とナマイキにもいいかえしてきた。

ドーンと大きな音がスピーカーから響いた。画面の中ではザトウクジラが海面からジャンプして宙に舞っていた。

「由真子ちゃんがくれたんです。BBCが作ったドキュメンタリーで――」

入香ちゃんは滑《すべ》るようにソファの背側にまわりこんだ。「ロビコ、ムーピー、タイチ先輩《せんぱい》の席空けな」

肩を押されて、おむすびと三つ編みはソファの端《はし》に移動した。

曽我野笑詩はテレビ真正面の位置から動かない。ホットパンツで生脚《なまあし》組んで、どっかり座りこんでいる。せっかくのお客さまだというのに、さっきからこっち見向きもしない。

そんなことより俺が驚いたのは眼鏡だ。曽我野笑詩が大きな黒縁《くろぶち》眼鏡かけとる。似合わねー。髪の毛二つに結《ゆ》ってる。似合わねー。似合わ――いや、こんな小学生みたいな真似《まね》はよそう。はっきりいう。

メガネ曽我野、カワイイ。ふだんとのギャップがたまらない。

「どうぞどうぞ」

入香ちゃんにすすめられるままソファに腰かけるが、どこをどうやっても曽我野と並んで座ることになってしまう。

「すっごーい！　見て、これ！」

入香ちゃんが声を弾ませた。おむすびと三つ編みがソファから立ってそちらに出向く。ふりかえると、入香ちゃんがバスケットからカマタリさんのパイを取りだして、テーブルの上にのせようとしていた。大きくて分厚いパイを支える彼女の手つきは危なっかしい。

弟がそこに手を貸して、ゆっくりとテーブルに置いた。

「これホントに家で作ったんですか？」

「マア、ただの田舎《いなか》料理ですがナ」

カマタリさんは空になったバスケットを回収して、うしろ手に持った。

「おいしそー」

「いいなー」

「これ、窯《かま》で焼いてるよね？」

ヤクザが真剣な顔でパイの側面を見つめていた。

「エエ、マア、最近自宅に窯を設けたものでシテ」

「やっぱりね。焼き色がちがうもんなあ。ママー、ちょっと来てよ」

ヤクザがママを呼んだ。

キッチンからエプロン姿の曽我野ママと由真子さんが現れて、急に人の増えたリビングに面食らったように目を丸くした。

「見てほら、カマタリさんが自分ちの窯で焼いたんだって」

「わあ、すご～い。由真子ちゃん、見て～」

近寄ってきた曽我野ママに弟とカマタリさんが頭をさげた。

「あ、おじゃましてます」

「はじめましテ」

俺も由真子さんといまの流れではじめましてなので、立ちあがって会釈《えしやく》した。いつか由真子さんのエプロン姿、腰より高い位置でキュッと絞《しぼ》ってあって——アリだな。そしてパイに感動して胸の前で手を合わせている曽我野ママ——アリアリだな。二〇一一年下半期は「ハニカミ熟女」がアツい。

「いま窯焼きスイーツがはやりつつあるんだ。俺もやろっかな、焼《や》き菓子《がし》専門店。海外から職人呼んで本物の窯作んの。ピザ屋でやってるとこあるけど、パティスリーではまだないよな。あー、これ絶対当たるわ」

曽我野社長はｉＰｈｏｎｅにタッチして何かしはじめた。

「カマタリさんってひとりぐらしですよね？　てことは、これ、ひとりで作ったんですか？」

「そうですヨ」

「えー、すごーい」

「料理できるんだー」

「作るより食べる方が好きですがナ。マア食べる方につられて作る方も好きになってくるものでシテ」

「好きモノこその上手《じょうず》なれ、ね」

「でもこれだけできるのってすごいよね。うちには食べる方ばっかりの人がいるけど」

「由真子ちゃん、ひどーい。今日は誕生日だから特別に食べるだけなの」

「何いってんだ。いつも食う方ばっかかじゃないいか」

「そうねえ」

「パパもママもひどーい」

まあその、キッチン・ダイニング方面は非常にもりあがってるわけだけど、俺は曽我野笑詩とともにBBCの手堅《てがた》い番組作りを堪能《たんのう》していた、というか堪能せざるをえない状況だった。隣に座る曽我野が意地になって家族から目をそらしているような気がしてならなかった。

「画面キレイだな。これブルーレイ？」

「そ」

たまに話しかけてもコレだ。学校にいるときよりあつかいづらいかもしれん。

こんなときシドなら……いや、そういうのはもうやめたんだった。

「俺がおまえなら――」

「は？」

曽我野の目がはじめて俺に向けられた。

「俺がいまのおまえと同じような感じで、弟が家に友達呼んでウルセーとかだったら、俺は自分の部屋にこもるね。親戚《しんせき》来たときとかも余裕でこもる」

曽我野が頭を前に倒して首をかき、無防備なつむじを俺に見せた。

「別にウルセーとか思ってないし。うちはこれがふつうだから。部屋にいても、どうせすぐご飯とかで呼ばれるからさ、ここにいた方がいいでしょ」

「居心地《いごこち》いい距離感は人それぞれなんだな」

「そうだね」

曽我野はまた海中の生存競争に目を移した。

「ねえ、カマタリさんのパイって何パイ？」

「知らねえ」

前に聞いた気がするけど忘れてしまった。

「中野、ちょっと見てきてよ」

「自分で見てこいよ」

「いやいや、わたしコレ観てんじゃん。どう見ても夢中じゃん」

曽我野は裸足《はだし》の指で大画面テレビを指す。

「それホントに夢中か？」

「うん。だから見てきて。あと、カマタリさんちの窯ってどんなん？」

「知らねーよ。つかおまえ向こうの話けっこう聴いてんじゃん。全然夢中じゃねーじゃん」

「別に聴いてないって。で、どんなんなの？」

「いや、だから知らねーって。アイツんち入ったことねーもん」

俺が答えると曽我野は「へえ」といったきり、ひざを抱えて本当に夢中っぽくテレビを観はじめた。

時間の流れを極端に速めた映像でヨーロッパかどっかの森が緑から赤になり、白く染まる。

「しかしおまえ何つーカッコしてんだ」

「ハア？」

曽我野はソファの背もたれに体をあずけ、昆虫《こんちゅう》みたいな動きで脚を曲げのばしした。

ふとももの裏にふくらはぎが当たって、泡《あわ》の弾けるような音を立てた。

「確かにもう夏だけどさー。ホットにすぎるだろ、そのホットパンツ」

「家ん中で何着ようがわたしの勝手でしょ」

つるりとキレイなひざで顔をはさみ、彼女はいう。

「いや、でも……たとえば俺の弟が家でそんなん穿いてたら『何つーカッコしてんだバカ』ってなるじゃん？」

「弟がホットパンツは、そりゃマズイね」

彼女は「くっ」と笑って背中を丸める。「中野っていつもそんなんだね。『俺がおまえだったら』とか『俺の弟だったら』とかさ」

「いや、そんなことないけど……」

「そうだよ。だからボンヤリしてんだよ」

ボンヤリ……俺が？

「ボンヤリはしてねーよ。むしろピリピリトゲトゲしてんだろ」

「いや、ココロココニアラズだね、学校でも」

「じゃあ、これからは心ここにあるようにします」

俺はあるっぽい感じで背筋を伸ばした。

「ぜひそうしてください」

曽我野はかかとで虚空《こくう》を蹴るような仕草をした。

「ホットパンツよく似合ってますね」

と俺がいうと、彼女は、

「ありがとうございます」

と、素直なのか俺をからかってんのか知らんけど、脚を伸ばし、元どおり組んだ。

みんなは曽我野ママのマイステージであるところのキッチンに行ってしまって、広い居間には俺と曽我野の二人きりだった。会話のネタももうない。これはキツイ。何かねーのかと頭の中をはりきってマイペースする。

「あー……この前の実験あったじゃん？　物理の」

「うん」

曽我野の眼鏡のレンズに北極海が映っている。

「あれ、うちの班の数値バラバラでさー、グラフめちゃくちゃだったんだけど、そっちはちゃんとなった？」

「なったよ、ちゃんと」

曽我野はあごを引いて、ちょい二重あごになりつつ画面を見つめていた。「見る？」

「え？」

「ノートあるから見る？」

「ここに？」

「いや、ここにはないけど――」

まさかとは思ったが、それは曽我野笑詩の部屋だった。曽我野に連れられ居間を出て、階段のぼって、俺はエンター・ザ・ソガノすることになった。

きれいな部屋だったけど、ものがすくないのは反則だろうと思った。俺の部屋だってマンガやフィギュアや五十枚入りＤＶＤ-Ｒのカラとかがなければそれなりにきれいだぜ、たぶん。

クッション出されてその上に座って物理のノート見せられて、写していけといわれてルーズリーフ一枚渡されてデータ書き写して……せっかくのお呼ばれで何やってんだ俺。その作業が終わったら、また沈黙《ちんもく》。何か疲れる。それと……家限定眼鏡ｖｅｒ．の曽我野がかわいくてドキドキする。

何だろコレ。俺、別に眼鏡属性とかないのに。ブアイソ＋《プラス》眼鏡ってのがツボなのか？それとも……まさかだけど……俺、曽我野が好きなのか？

ふいに曽我野が立ちあがり、部屋を出ていった。何もいわずに動きだすのとかマジやめてほしい。せめて行き先だけでも告げろよ。

「ちょっとシャワー浴びてくるね」

とかいわれたら俺も、

「じゃあそのあいだにぬきうち下着チェックしときますね～」

っていえるのに。そういうのがコミュニケーションってやつでしょうが！

ひとりでいると手持ちぶさただが、部屋の中のものに触って何か「アウト」なものを掘りあててしまうのもアレなので、俺はポケットから携帯を取りだした。

そのときいっしょに転がりでたものがあった。

例のトロントロンドラッグだ。

これって……使うならいまなんじゃねーのか？

曽我野がもどってきてドアをガチャッと開けたところにポチッとな！　でトロントロン――うん、これしかない。

あのブアイソな曽我野がトロントロンになったらどうなるんだろう。デレデレになるのか？　それともブアイソなまんまだけど体の方はすっかりトロントロンに――つか、そもそもトロントロンって何？　自分でいっといてナンだけど。

ドアがガチャッと開いたので俺はいますぐクリック！　とばかりにボタンを押した。

ドラッグの副作用なのか、曽我野はいかにもなヘビ柄《がら》のヘビを持っているように見えた。この場合の副作用ってのは俺の視覚に対するソレね。

「な、何だそれ……」

「ヘビだけど？」

「なぜヘビ？　本日の食材か？」

曽我野は自分の手首くらいあるヘビを腕に這わせたまま笑った。

「ちがうよー。これはお父さんが飼ってるヘビ」
ふッざッけんなクソ親父！
こんなキモいクリーチャー飼ってんじゃねーよ！　……まあ、口には出さないけどね。むしろおヘビさまと呼んじゃおう。お義父さんのおヘビさま。

そのおヘビさまが曽我野の手からトローンと床に垂《た》れてとんでもないスピードで部屋を横切り、俺の脚に絡《から》みついてきたので、俺は「キャーッ」と悲鳴をあげた。

「あっ、すごい。超なついてる」

俺の脚から背中にまわり、するすると肩にのぼっていくヘビを見て、曽我野が笑った。

「なついてねーよ！　俺のこと食おうとしてるだろ！」

「いや、食べる気ならもっときつく締めてるし。この子、ケージの止まり木より中野の方が好きみたい」

心の中で「ホラ、怖くない」って自己暗示をかけたが効果はなかった。とりあえずカマタリさん、あとで食いちぎる。ヘビをトロントロンにするドラッグなんざ、爬虫類《はちゅうるい》ハカセの千石《せんごく》先生以外に誰が得するんだよ。

耳元でチロチロやられて凍《こお》りついている俺から曽我野はヘビを取りのぞき、また部屋から出ていった。

何だってんだ、いったい……。

手ぶらでもどってきた曽我野はベッドの上に腰かけ、ふとももから足首のあたりまで撫《な》でおろすようなかっこうで前屈した。

「ヘビ、見たかったでしょ？」

「あ？　ああ……」

ご招待にあずかった身だから一応そう答えたけど、本当は前もってこちらの意志を確認しておいてもらいたかった。

「卒業アルバム見る？」

そうたずねられて、今度はどんな有害生物だよソツギョーアルバムってと思いじっとしていると、表紙が布張りになった飛鳥学園《あすかがくえん》中の卒業アルバムを手渡された。

「中野は高校からでしょ？　だから見たいかなーって」

俺がアルバムを開くと、曽我野はベッドに腰かけたまま上体を乗りだし、俺の肩越しにのぞきこむ。

「これがアヤで、これがサオリンで――」

と次々に写真を指差すが、寝たフリ小僧の俺にはこの中学生ポケモンたちがいまの誰に進化したのかよくわからない。

「曽我野は？」

「えー、わたしコレ」

彼女が指したのは、いまより若干《じゃっかん》顔がふっくらしていてメガネかけてる曽我野だった。まあ、俺が中学生で同じクラスだったら好きになってるよね、このカワイイさ。

「あ、カワイイ」

と思わず口走ってしまい、あわてて「いまはこんななっちゃったけど」とつけくわえる。

「うるさいなー」

裸足の爪先《つまさき》でケツを蹴られた。

「で、これがカマタリさんね」

と曽我野がいうので、まさかと思い、彼女の示すページを見てみると、まあそのまさかで、あのバカがちゃっかり集合写真に収まっていやがった。

「ウソだろ……」

しかも髪黒くて、あきらかに中三ヴァージョンのカマタリさんだ。未来の技術スゲーな。こんな細かいところまで改ざんできるんだ。

「カマタリさんでおもしろいのあるんだ。修学旅行のときの——」

曽我野がベッドからズルズル滑《すべ》りおちてきて、ケツでドスンと着地した。

俺は震えた。

曽我野のふとももが体育座りしていた俺の脚を押して、内側にたたもうとした。ふわっと暖色系の香りが彼女の肌から立ちのぼった。

トロントロンドラッグの副作用か、俺はトロントロンしていた。体や顔の表面が不定形化してうまくコントロールできない。曽我野から見たら、しまりがなくてヘンな感じになっていることだろう。

家での曽我野の様子を観察していてわかったことがあった。

学校でコイツ、ブアイソだったりつっけんどんだったりするけど、別に性格悪いとかじゃなく、そういうヤツだからなんだ。俺みたいに、その反抗的な態度にパンクという思想的裏づけがあるわけじゃなく、単にそういうヤツなんだ。

そう考えてみると、底が浅いっていうかわかりやすいっていうかキャッチーっていうか、カワイイよね、そういう飾らない感じが。

「それで班行動のときカマタリさんがさー、別の班なのにわたしたちのとこに来て——」

曽我野の解説を受けながら俺はカマタリさんの非常によくできた京都コラ画像を鑑賞した。

ドアがノックされ、わずかに開かれた。由真子さんが顔をのぞかせ、俺たちを見てなぜかちょっと笑った。

「お待たせー、ご飯できたよ」

「は、はい」

俺はいまだトロントロンな体を折って、ギクシャクお辞儀した。

「なんで笑ってんの？」

曽我野がきくと由真子さんは「えー？」といってドアの向こうに軽くひっこんだ。

「んー、いつもこれくらい部屋をきれいにしといてほしいなあって思って」

「ハァ？　いつもきれいじゃん。お姉、何いってんの」

なぜかムキになっていいかえす曽我野に対し、由真子さんはドアを盾《たて》にして身を隠し、俺に向かって「下で待ってるからね」といいのこして去った。

なぜか曽我野はアヒル口で俺をにらんだ。

俺は震えた。

あ、やっぱいつもはもっとキッタネーんだと思ってその生々しい感じにドキッとし、それを曽我野が今日のためにきれいにしたっていう事実にまた震えた。

Kamatari METHOD

3-3 ヘタクソはドンキーを使うな

世界にはホント色んなやつがいて、菜食主義者《ヴィーガン》のパンクスってのもいる。俺《おれ》は今日はじめてそいつらに共感した。つかパンうめー。曽我野《そがの》ママの手作りパンうめー。最近のパン焼き機って食パン以外のも作れんのな。

カマタリさんのパイもうめー。サックサクですやん。

曽我野ママの手作りパンにカマタリさんのパイ――ママパン・カマパイにつづいて俺んちにも手作りの何かねーのか？　商品名「タイチンコ」は動かせねーから、「ンコ」の内容を決めないとな。

けっこう派手にパクパクモシャモシャやってたつもりだが、曽我野ファミリーの注目は弟に集まっていた。

「食うね～」

ローストチキンをガッツリいっている弟を見てヤクザ親父《おやじ》はなぜかうれしそうに笑った。「ヒロミくん、部活やってんだよね。バスケだっけ？」

「はい、そうです」

「そっかー。俺、この家建てるときにさ、庭にバスケのコート作ろうと思ってたのよ。そういうの夢でさー。でも娘が大きくなったらいっしょにバスケしてくんねーだろーなって思ってやめたんだ」

「危なかったッスねー」

俺はヤクザ親父の店「ゴローズ・ダイニング」の定番メニューだというゴローズ・サラダを口いっぱいにつめこみながらいった。「そしたらいまごろゴールんとこに鳥が巣作ってたとこッスよ」

「お父さんとバスケはちょっとねー」

「バスケットのボール離れね」

グラタン的なものを取りわけながらおむすびと三つ編みがいった。

「学校での入香《いるか》はどんな感じ？」

ヤクザにきかれて弟はもぐもぐ考えこみ、一度入香ちゃんの顔を横目で見た。

「クラスちがうんで、聞いた話なんですけど、すごいマジメで、授業中騒いでる人とかいたらすぐ注意するらしいです。部活でもよく号令かけて、後輩を厳しく指導してます」

「うん。けっこう怖い感じ？」

「入香川親方のかわいがりね」

おむすびと三つ編みが顔を見あわせた。

「えー、そうなの？」

ヤクザは目を丸くしておおげさな表情を作った。「家にいるときと全然ちがうな。このあいだも夜中に起きてきて――」

「パパ、よけいなことしゃべんないで」

入香ちゃんが眉間《みけん》にちっちゃくしわを寄せてヤクザ親父をにらんだ。彼は娘の視線をくすぐったがって笑った。曽我野ママと由真子《ゆまこ》さんも笑った。

「タイチくん、笑詩《えみし》はどうなの？」

そうたずねられて俺はテーブル挟《はさ》んで真正面の曽我野を見た。ヤツは烏龍茶《ウーロンちゃ》をなぜかブランデーグラスに注いで飲んでいる。

「そうッスねー、おたくの娘さん、ちょ～っと協調性に欠けるキライがありますなあ」

そう指摘すると、

「あ、やっぱり？」

とヤクザは笑った。

「アンタにいわれたくないわ」

曽我野笑詩は俺にガンくれて手の中でブランデーグラスをゆっくりとまわした。「アンタ友達いねーじゃん」

「バッカ、むしろ友達しかねーよ。俺から友達取ったら何も残んねーから。たとえば山――」

といいかけて、俺は口ごもってしまった。

ヤベッ、アイツいま時空のはざまだった。

でも「時空のはざまに友達がいる」って、よく考えたらちょっとカッコイイな。

「山？」

曽我野が怪訝《けげん》そうな顔をする。

「山……その……山ちゃんっていう、じく……いや、地元の友達が……」

「わたしがいますヨ」

テーブルの端《はし》からカマタリさんがひょこっと顔を出した。「わたし、えみスィー、タイチさん――この三人が友達ですナ」

そのことばを聞いたヤクザ親父はママと目を見かわし、かすかにほほえんだ。

家族からガチで心配されてんじゃん、曽我野のヤツ。協調性って、筋肉と同じでふだんから使ってないとあっというまに衰《おとろ》えるんだぜ？　いま考えた説だけど。

「三人でふだんどんな話してるの？」

由真子さんに目を見てたずねられ、俺は緊張《きんちょう》した。よし、アビリティ「協調性」をアクティブに……。

「そうですね、笑詩さんには何でも話せるっていうか、ホント悩みごととか全部うちあけてますね。たとえば弟のこと、進路のこと、あるいは弟のこと――」

「それから、弟の進路のこと――」

「僕のことばっかりじゃん」

隣《となり》の席から弟が肩をぶつけてきた。

「話まざってるし」

「ウソだねー。あんた、弟のこととか悩んでないじゃん。ていうか弟ダイスキじゃん」

向かいに座る曽我野笑詩が烏龍茶をくいっとあおった。

ホントのことといわれて恥《は》ずかしかった。

「えっ……？　べ、別に弟のことなんかぜんぜん好きじゃないんだからねっ！」

「いやいや、超好きじゃん。携帯の待ち受け、弟の写真じゃん」

「マジすか？」

弟が俺の前に手をさしだした。「タイチ兄《に》ィ、ちょっと見せてよ」

「いや、人に見せるものでは――」

といいながら俺は携帯をパカッと開いて、弟のあどけない寝顔（おととい撮影）をみんなに公開した。

「なんでそんなの撮ってんだよ！」

弟は俺の手から携帯を奪おうとする。

「あァ？　かわいくてついやっちまったんだよ！　いまは反省しています」

「タイチさん、その動機はギルティーですナ」

カマタリさんは手でバッテンを作った。

俺は弟の腕を振りはらい、テーブルの向こうにいる曽我野に携帯をパスした。

「先輩、返してくださいよー」

「ハハッ、ホントに撮ってる。入香も見る？」

「ん。あー、アハハ、寝てるー」

「おいおいヒロミ、行儀《ぎょうぎ》よくしてろよ。パーティはまだ終わっちゃいねーんだぞ」

「いいよなあ、男の子。元気いっぱいでさ」

ぽつりとつぶやくので、ヤクザの目にもナミダかと思ってふりむくと、入香ちゃんを挟んでハニカミ夫婦がほほえみあってるだけだった。

マリオカートやろうと入香ちゃんがいいだして、例の大画面の前に集まった。

「ヒロミくんもやろうよー」

入香ちゃんは当然のごとく弟にハンドルを渡し、レースにエントリーさせる。

「ってことは『中野家《なかの》の音速ゴリラ』こと俺も出るしかねーな」

俺はハンドルにおっかなびっくり触っているカマタリさんを押しのけて、スターティンググリッドについた。

ヤクザもまじって四人対戦だ。

我が家では父も母もゲームをやらないし、友達とかまあアレなので、四人対戦なんてはじめてだった。

そういうハンデに加えて、応援ゼロという悪条件も重なり、初戦で俺は最下位に沈んだ。弟の首位がせめてもの救いといえる。

「まずは中野家がわずかにリードか……」

「いつからチーム戦に？」

弟は勝利の余韻《よいん》からさめたって顔して俺にたずねてきた。

オイオイ……この世でたった二人の兄弟がチームでなきゃ何なんだよ！

「むかしの人がいいこといってたなあ――『もしもキッズが団結したら《イフ・ザ・キッズ・アー・ユナイテッド》』ってさ」

「誰《だれ》か交代してー」

七位の入香ちゃんがハンドルをカマタリさんに押しつけた。「あとお願いします」

「ムムッ……このプッシュ式ボタンで操作するのですナ？」

あきらかにカマタリさんはゲームやるのはじめてだ。こいつはカモだな。初戦二位のヤクザが残っているとはいえ、次も中野家《オレたち》のレース——そういうメッセージをアイコンタクトで弟に送る。

「ヒロミくーん、がんばってー」

入香ちゃんの声援を受けて、弟は気合の入った表情を浮かべる。つか俺の方を見向きもしねえ。

「中野、がんばれー」

うしろのソファに座る曽我野笑詩が俺の背中を素足でぐいぐい押した。

「バカ、そこ踏んでもアクセルかかんねーから！　つーか男はペダルじゃねえ、ハンドルだ！　踏まずに操れ！」

ヤクザがハハッと笑った。

「ママー、いまの聞いた？　うまいこというね」

「タイチくんも誰かにハンドル握られてるの？」

ハニカミ曽我野ママに聞かれて俺は、

「いやー、まあ色々と……」

と主に某《ぼう》未来人を念頭に置きながら答えた。

曽我野笑詩のそうした卑劣《ひれつ》な妨害《ぼうがい》行為もあって、俺は二戦つづけてのビリ。弟は四位でヤクザが二位をキープ、トップはカマタリさんだった。

「――てことは白組がわずかにリードか……」

「組分け変わってんじゃん」

今度は踏むんじゃなくて強く蹴《け》られた。

「誰かかわってー」

弟がハンドルをかかげた。

「じゃあわたしやるー」

とおむすびが手をあげた。

「ムーピーがんばれー」

ソファの背に馬乗りになった入香ちゃんが声援を送る。

曽我野笑詩はもはや何もいわずに俺の背中を両足で踏みつづけていた。

やめろやめろ！　脚《あし》を鍛《きた》えるマシーンじゃねーんだぞ！　――ってコレ、押しかえすことで俺の体幹《たいかん》も鍛えられるな……。

「中野、もうちょっと負荷かけてよ」

「了解でーす」

というようなやりとりのあいだにレースは終わり、俺は最下位でなぜかカマタリさんがふたたびの首位だった。つかコイツ素人《しろうと》じゃねーな。

「――ということで、ようやく東京飛鳥学園《とうきょうあすかがくえん》高校チームが逆転に成功したか……」

「また勝手にチーム作ってるー」

「コウモリ糞《くそ》野郎ね」

おむすびとバトンタッチした三つ編みが毒づきやがった。

「曽我野、ちょっとお手本見せて」

そういってハンドルをさしだすと、曽我野笑詩はあっさり交代してくれた。

しめしめ……うしろから踏んでやるぜ。ストレートラインステップシークエンスみたいに踏んでやるぜ。

「背もたれ」

曽我野がふりむいていった。

「はい？」

「あんた、背もたれね」

曽我野はソファに座る俺のひざから下にどっかり背中をあずけた。

月日の流れって恐ろしいねえ。**「お父さん、お花屋さんね」**っていってたような女の子もいつか「おまえ、背もたれね」って人を人とも思わない発言をするようになるんだからよォ。

すうっと体が沈《しず》みこむような感覚があった。

隣に由真子さんが腰かけていた。

俺は、この人ゲームに興味ないんだなって直感した。彼女はリビングの浮かれた空気とはすこしちがったものを身にまとっている。

「タイチくんはドイツ映画好きなんだってね」

「えっ？」

不意に縮まった距離にドギマギしている俺の顔を見て彼女は笑った。

「あの子から聞いたよ」

由真子さんのいうあの子は俺の脚を背もたれにしながら他人に赤い甲羅《こうら》をぶつけてゲハゲハ笑っていた。

「どのへんの時代のが好きなの？」

「えっと、そうッスね――」

時代とかわかんねえ。カマタリさんのリストにあったやつから適当に選んだだけだし。

「あのー、アレです、ヴェンダースとかヘルツォークとか、まあそのあたりを……」

「ジャーマン・ニュー・シネマ？　へえ、いいね。わたしまだ全然観たことなくて」

あれ？　話がちがうぞ……。

「いま小津《おづ》にハマってて、次はそのへんまとめて観たいなあって思ってるんだ。タイチくんのおすすめは何？」

……カマタリさん、ミスりやがったな。「好きな映画リスト」じゃなくて「観たい映画リスト」じゃねーかアレ。これじゃあ話を合わせるんじゃなくて、話を引っぱっていかなきゃならない。キツすぎる。

「そうですねえ……（おヌードありの）『まわり道』とか（おヌードありなので）好きですけど」

「ナスターシャ・キンスキーが出てるやつ？　ヴェンダースの初期か……渋《しぶ》いとこだね。それとヘルツォークかあ……。ナスターシャのお父さんのクラウス・キンスキーってすごい顔してるよねえ」

「あー、あれですよね。アマゾン行く話の――」

「そうそう、『アギーレ・神の怒り』ね」

「あれ観ました。確かに顔面ヤバかったッスね」

「そうそう。あの人からあの娘の顔、想像つかないよね。あ、そういえば『キンスキー、我が最愛の敵』っていうドキュメンタリーがあって――あれはヘルツォークが監督してるんだっけ？　それは授業で観たなあ。日本で上映されたのはＢＯＸ東中野っていうミニシアターで、いまは名前が変わっちゃったんだけど、『ショアー』のオールナイト上映とか『ロッキー・ホラー・ショー』とかもやったんだよ。わたしもそのころ行ってみたかったなあ。あと、ミル・マスカラスの主演映画もやってて、そのときみうらじゅんがトークショーしたって。ミル・マスカラス知ってる？　メキシコのプロレスラーで――」

何だこの人。一度火がついたらトーク止まらないタイプか。俺といっしょだな。

「来月、どこかでシュレンドルフのリバイバル上映やるんだよね。タイチくん、あれ行くの？」

「いや、それ知りませんでした。でも行きたいなあ。よかったらいっしょに行きませんか？」

スポーツとかでよくいう「体が自然に動いた」ってやつだ。

三姉妹攻略なんてことは頭になく、息をするように由真子さんを誘うことができたんだ。

「え？　あ、えっと――」

由真子さんは急にトーンダウンして、ぎこちなく指で眼鏡《めがね》の位置を直した。「いっしょに……いっしょにね……。いいけど、その、わたし、割とひとりで映画行く方だから……」

「俺もですよ。でも試しに二人で行ってみません？　映画、いつですか」

「あ、えっと……ちょっと待ってて。部屋にフライヤーがあったと思うから」

俺と目を合わせることなく由真子さんは立ちあがり、リビングを出ていった。俺は彼女の爪先立《つまさきだ》つような足の運びを見送った。

「イよっしゃアーッ」


ひざにずしりと重みがかかった。

曽我野が両手をあげている向こうで、ドンキーがウィニングラン決めていた。

ヤクザ親父がうつむいて、大きなため息をついた。

「クッソー、最後のバナナ……」

「巻きぞえ食ってしまいましたナ」

カマタリさんがぽんとハンドルを投げあげ、キャッチする。

「で、いまはどのチームが勝ってんの？」

曽我野は俺のひざの上に身を乗りだした。俺はもうポイントとか計算しきれてなかった。

「えーと……ノーサイドってことで」

彼女はさぐるような目で俺を見すえていたが、やがて立ちあがり、ハンドルを入香ちゃんに放った。

「入香、次アンタやんな。わたしノド渇《かわ》いた」

そういってキッチンの方へ歩いていく。

「タイチくん、リベンジする？」

ヤクザ親父がハンドルさしだしてきたが、俺は苦笑して素直に負けを認めた。

楽しかったし、まだ陽も高いように思えたので、俺は辞去《じきょ》するといいだせなかった。でもそのままズルズルと夕食の時間まで居すわるわけにはいかないってこともわかっていた。

だから俺はカマタリさんに頼ってしまった。

「そろそろおいとましますかナ」

視線を一度交わしただけで彼女はこちらの考えを読みとり、俺に代わってそう切りだした。

そのとき彼女のピーチ姫は二十連勝を達成していた。彼女の覇権《はけん》のもとで安らいでいた俺たちは急《せ》かされたようになり、話しておかなければならないことをそれぞれの相手にまくしたてた。

「カマタリさん、俺、もっと練習しとくわ。またやろう」

ヤクザ親父が精根つきはてたって感じで座りこんでいた。けっこう自信ありげだったのに、とうとう一勝もあげることができなかった。

「そうですナ。またやりましょう」

カマタリさんは咳《せ》きこむように笑った。

「タイチくん、それ、よかったら持っていって」

映画館のチラシを返そうとしたら、由真子さんに押しとどめられた。「大学の研究室にいっぱいあるから」

「そうですか。じゃあもらっていきます」

俺はチラシを折りたたんだ。

「タイチくんのテストが終わったらね」

手持ちぶさただというふうに由真子さんは落ちつきなく手を合わせたり、うしろにまわしたりしていた。

「はい。今度メールします」

彼女と映画観に行く約束を俺はすでに取りつけてあった。

リビングに満ちていた温かい空気がすこしずつぬけていくのがわかった。潜水病《せんすいびょう》とか高山病みたいに俺の体は気圧の変化で異常をきたしていた。それをふりきるように腰をあげ、ヤクザ親父の背中を乱暴にたたいた。

「じゃ、ゴローちゃん、また来《く》っから」

「お、おお。いつでも遊びに来てよ」

よっこらしょと立ちあがったヤクザ親父に両手で握手された。「あ、そうだ。俺、へビ飼っててさ、スゲーデカイの。今度見せてあげるよ」

「あー、ホントに……。それは楽しみだな……」

曽我野笑詩が俺の方を見て、くすっと笑った。

「おじゃましました。料理、ごちそうさまでした。すごくおいしかったです」

弟が曽我野ママに挨拶《あいさつ》する。ならず者丸出しな俺のおかげで、礼儀《れいぎ》正しさが際立っている。

「ヒロミくんもまた来てね」

ヤクザは弟とも両手で握手した。

バスケットを取りに行くカマタリさんや、ケーキとか料理とかをタッパーに入れてもらっているおむすびと三つ編みたちやらが行きかって、リビングとダイニングが混乱する。

耳鳴りするような切迫感《せっぱくかん》に襲《おそ》われた俺はひとり廊下《ろうか》に出て、玄関へと歩いた。

靴《くつ》を履《は》いていると、ヤクザ父娘の会話が聞こえた。

「笑詩、タイチくんたち駅まで送ってってやれ」

「えー」

「わたしが送るー」

入香ちゃんの声は今日一日弾力を失わなかった。

彼女に背中を押されるようにして、おむすびと三つ編みがリビングから出てきた。

「クララとペーターはどこ住んでんの？」

俺がたずねると二人は、

「ハイジ嫉妬《しっと》で失踪《しっそう》ね」

「ロビコとムーピーですー」

と話をはぐらかした。

「二人ともうちの近所です」

入香ちゃんは二人が靴を履くあいだおみやげの紙袋をもってあげていた。

曽我野笑詩がのっしのっしと廊下に出てきたので、俺は手を振った。

彼女はこちらをバカにするような笑いを浮かべ、元来た方をふりかえった。

「やっぱりわたし行くわー」

そういってから俺を指差す。「財布《さいふ》とチャリ鍵《キー》持ってくるから」

長い脚と小さなお尻《しり》を見せつけるようにして、彼女は廊下の奥へのっしのっしと歩いていった。

いまのは「そこで待ってろ」ってことなのか？　つかなんであんなエラそうなんだ？

曽我野一家総出で見おくってくれるけど、曽我野笑詩と入香ちゃんは俺たちといっしょなので、門の内に残るのはヤクザ親父とカタギ母娘の三人だけになった。

「バイバーイ」

といって入香ちゃんが家族に手を振り、笑いを誘った。

おむすびと三つ編みが分かれて自転車で走りさっても五人パーティで、駅までの道もふしぎと気分が浮きたつ。

来るときには意識してなかったが、道は坂になっていて、自転車にまたがってくだっていく曽我野がサンダル履いた足で地面をひっかいてブレーキかける音が俺たちの会話を途切《とぎ》れさせた。

期末試験に関する話題をカマタリさんは他人事《ひとごと》のように聞いていた。

徒歩の入香ちゃんが弟とともに先立って歩き、ときおり甲高《かんだか》い笑い声をあげた。

こうしてうしろから見てると、子どもだなーって思う。隣にいる曽我野とくらべてしまうからだろうか。

由真子さんと映画約束したけど、どうも気持ちがもりあがらない。「映画が好き」↓「じゃあ今度ぜひ」っていう大人の誘い方でいい感じだったのに。なぜだろう。

いま曽我野が隣にいるからだろうか。

駅前の商店街は間延びしてみえた。日曜日の終わりが風を暖めていた。

改札口の前に立つ自転車止めの柵《さく》に曽我野は足をかけた。

「じゃ、気をつけてね」

「ああ」

と答えたが、違和感をおぼえる。「それ、俺がいわれちゃダメじゃん、男として」

「そう？　だってボンヤリしてるから」

曽我野は歯を見せて笑った。

「おまえこそ気をつけろよ。結局ホットパンツで外に出てるし」

「あ、ホントだ」

そういって曽我野は自分のひざをてのひらでたたいた。どっちがボンヤリしてんだかわかりゃしねえ。

「明日また学校で」っていうことばを口にすると休日の最後につきものであるこの胸の締めつけがいっそうきつくなっちゃいそうな気がして、俺は曽我野と向かいあったまま黙《だま》って立っていた。

ふしぎと気まずさはなく、ただ自分の居場所が知らない街の往来にぽつんと存在することの不安が陽の翳《かげ》りとともに俺たちに降りかかった。

Kamatari METHOD

3-4 好きなだけ食べろ

　曽我野笑詩《そがのえみし》の話によると、あのヤクザ親父《おやじ》、あれから何かちょっとヘコんでるらしい。宴《うたげ》のあとっつーか燃えつき症候群《しょうこうぐん》っつーか、楽しいことのあとにはそういう気持ちになるものだよな。

　俺《おれ》もそうだ。あれからどうも変だ。

　でも俺の場合、ヘコんでるというより、凸ってる。熱に浮かされたみたいにフワフワしている。日常のささいなできごとにあくせくしてるみなさんから突出しちゃってる。たとえば、試験前だっていうのに危機感がまるでない。ヒデー点数取ろうがたいした問題じゃない気がする。

　それってすごくいいことだ。変なプレッシャー感じるより全然いい——そう思っていた。

　でもそれはちがった。もっとデカイ何かにやられて心がマヒしていただけのことだったんだ。

「俺、曽我野笑詩を攻略しちゃっていいかな？」

駅前の商店街をぬけ、かわりばえのしない住宅のあいだを縫《ぬ》う道にさしかかったところで俺は口を開いた。

カマタリさんは通学鞄《つうがくかばん》を蹴《け》りながら「フーン」と長い鼻息を吐《は》いた。

「満を持して、ですナ」

「いや、何もジしてねーけど」

家に帰る途中だってのに、いつものホッとする感じがまったくなかった。

むしろつらい。

身を置いていたい場所からどんどん離れていっているのがつらい。

あの学校のあの教室、そこを経由して、あいつの住んでる街、俺のよく知らない駅――曽我野に「気をつけて」っていわれたあの場所と時間から俺は遠ざかりつづけている。

曽我野のいない方へ向かって歩いている。

「俺、曽我野のこと好きになっちゃったみたい」

「わたしも好きですヨ、曽我野笑詩、いや、えみスィーのこと」

カマタリさんは建設現場に張られた金網《かなあみ》を鞄の角でとぅるるるっとひっかいて歩いた。

「歴史的評価は別にして、ですがナ」

「ふつうは別にするからなソコ」

「彼女は表向き無愛想《ぶあいそう》でとっつきにくいですが、そもそも愛想というものの持ちあわせがすくない人であるという前提で接すれば、割とわかりやすい性格ですからシテ」

「そうなんだよな。でもたまに気ィ遣《つか》ったり優しい感じのことといったりすんじゃん？　そこが俺――」

といいかけて、カマタリさんの、俺をイジりたおしてやろうというような視線に気づいた。

「そ、そこが？　そこが何なのですかナ？」

「そ、そこが……まあその……好き」

目をそらし、つぶやくと、カマタリさんは「フォーウ」と、寝起きのトトロみたいな声をあげた。

「タイチさん、デレましたナ」

「デレるとかやめろ」

そういいかえしたけど、自分でも顔が赤くなってるってわかった。

ああ恥《は》ずかしい。

「シテ、タイチさん、えみスィーの内面にホレたようですが、外見についてはどうお考えですかナ？」

「外見……？　外見は……好き。つか、よく見りゃ世界で一番カワイイと思う」

カマタリさんは「フォーウ」と、世界でもっとも邪悪《じゃあく》な一族の末裔《まつえい》みたいな声を出した。

「世界で一番アレなタイチさんとお似合いですナ」

「そうだな……アレの中身はいわなくていいぞ」

俺は心の重荷がどっか行っちゃってるのを感じた。こんなアンポンタン相手でも相談はしてみるものだ。

俺は曽我野が好きなんだ。三姉妹のうちで一番とかじゃなく、世界で一番、宇宙で一番好きなんだ。彼女だけが特別なんだ。そうだよ、簡単なことじゃないか。三姉妹攻略とかいうと特殊《とくしゅ》なシチュエーションだけど、好きな人がひとりいるっていうのはごく当たり前のことだ。

学校一の美少女だとかみんなが彼女を狙《ねら》ってるとか、そんなの関係ない。彼女を好きな俺は俺でしかない。

この国の未来とか、勝手にしやがれってんだ。俺と曽我野の未来イコール日本の未来だっつーの。

「よーし、俺やるぞー。もし告《コク》ってダメでも、デデーンっつってセーブポイントにもどればいいもんな」

「ですナ。それに次回タイムスリップすれば、訓練《くんれん》を受けていない人類としては前人未《ぜんじんみ》到《とう》の九回目ですからシテ。いやがおうにも期待が高まりますナ」

「あ、そうなの？」

「ハイ。ちなみにこれまでの記録は、哺乳類《ほにゅうるい》ではカニクイザルの三回、脊椎《せきつい》動物全体ではアフリカツメガエルの六回が最高です。それを越えると、どの生物ももれなく謎の死をとげました。タイチさん、ゾウリムシの記録した十二回という『生命体の壁』を越えるのも夢ではありませんヨ」

「もうゾウリムシにやらせろよ、三姉妹攻略」

体調が変なのは恋の病《やまい》とかじゃなくてデデーンの後遺症《こういしょう》かもしれない。

「タイチさんの身に何かあったら検討しますヨ」

カマタリさんは道路脇にある自販機のボタンを順にとぅるるるっと押して歩いた。

現国の時間の最後に油断して居眠りしたらそのまま爆睡《ばくすい》しちゃって、目をさましたときには教室に誰《だれ》もいなくなっていた。

ボケた頭が元にもどって次の時間が化学実験室で実験だってことを思いだすまでにすこし時間が必要だった。

カマタリさん、どうして起こしてくんないんだよ、と心の中でやつあたりしたが、彼女は俺と曽我野から距離を置くと約束してくれたんだった。

アイツがいると確かに恋愛《れんあい》ムードなくなるからな。向こうがいいださなかったら俺の方からお願いしていたかもしれない。そしたらきっとまた「フォーウ」っつってからかわれただろうけど。

廊下《ろうか》のロッカーから白衣を出して着る。化学の先生は男のくせにババアみたいなヤロウで、化学室に入る前から白衣を着ておかないとネチネチネチネチ小言をいってくる。小物すぎて反抗する気も起きねえ。

特別教室で同じ班ならことばを交わすチャンスもあるんだけどなあ、などと考えつつダラダラ歩いていたら――まあいたよね。

曽我野が。

男と。

いかにもチャラい男と渡り廊下の端で話しておったわけだよね。

男は、「邪魔《じゃま》だ消えろ」って目で俺を見た。たぶん三年のヤツだろう、この出会《であ》い頭《がしら》に見くだしてくる感じ。

曽我野はいつになくニコニコしている。

どういうことなんだ。

目の前にいるチャラ男《お》とどういうご関係？

わからん……。

わかんねーから見えないフリで俺は二人の横をすどおりしようとした。

すると曽我野がチャラ男に背中を向けて、バカの運転する車みたいにムリヤリ俺の進路に合流してきやがった。

「じゃあまたなァ」

取りのこされたチャラ男は必死っぽい声を曽我野にかける。

彼女は急にブアイソになり、

「はーい」

とだけ答えて、ふりかえりもしない。

代わりに俺がふりかえると、チャラ男に「テメー邪魔しやがって」って心の声が聞こえてきそうな苦い顔でにらまれた。

何だっつーんだよ。ぶっ殺すぞ。ぶっ殺して「理由なんかねえ。ただブチこわしたかっただけさ」などと発言して責任能力の有無《うむ》を問題にされたるぞコラ。

「何なんだよ、あの男」と曽我野にきくわけにもいかない。並んで歩いてるからって油断しちゃいけない。「オメーこそ何なんだよ」って質問で返されたら、俺たぶん泣く。

「テメーは曽我野の何なんだよ」っつってさっきの男にうしろから刃物でブスリとやら

れたら、たぶん死ぬ。

　マジ油断ならねえ。

「今日の実験ってさ、絶対テストに出るよねー、時期的に」

　携帯《けいたい》をいじりながら曽我野がいった。

　これは……俺に向けられたことばと解釈していいんだよな。盛大なひとりごととかじゃないよな。

「ああ、たぶん……」

「あの先生、雑談をテストに出すんだって」

　彼女はぱたりと携帯を閉じて、白衣のポケットに滑《すべ》りこませた。

「え、どういうこと？」

「授業のはじめに化学トリビアみたいのいうじゃん。この前はほら、ノーベル賞がどうのこうのって……」

「ああ、日本人受賞者のおぼえ方だろ？」

「そうそう。そういうのを穴埋《あなう》め問題で出すんだって。授業聴いてない人に点取らせないように」

「何かセコイな。でもアイツやりそう」

　俺が笑うと、曽我野はあごを引いてほほえんだ。

「毎年やってるらしいよ。さっきの先輩から聞いた。あの人、過去問も今度くれるって」

「あ、そうなんだ」

わはは、さっきのヤツ、かこもんがかりかよ！　男一人のソロ・プロジェクトとして地道に活動しとけや！

俺は調子《パンクビート》に乗《モッシュ》っちまっていた。

「なあ、テスト前にどっか行かねえ？　映画とか」

「映画？　お姉と行くんじゃないの？」

曽我野は白衣のポケットに手を入れて、露出狂《ろしゅつきょう》みたいに前をひろげた。

「由真子さん、パイレーツ・オブ・カリビアンとか観るかなあ」

「あー、観ないね。はやるやつとかは観ない」

彼女のアヒル口が窓の方を向いた。「で、わたしなの？」

「つか俺、曽我野といっしょに行きたいんだ。誰かの代わりとかじゃなく」

そういってみたけど、やっぱり二人きりのときにいえばよかったな、と思った。のろのろ歩いている白衣の俺たちを体育着姿の連中が追いこしていく。ムードもクソもねえ。

「いいけどさー」

曽我野はがやがやうるせえバカどもの背中を目で追って、くすっと笑う。「あんた遊びすぎじゃない？　このまえはうちに来て、そんで映画でしょ？」

「試験前の遊びおさめだよ」

そう答える俺を置いて彼女は歩を速めた。

「ホントかなあ、そのあとも余裕で遊んでそう」

「ホントだって」

気持ちはあせってるのに、俺の足は止まる。「今度の土曜日、学校終わってからは？」

「うーん……じゃあいいよ。わたしもそこで遊びおさめる」

彼女は歩いていき、ふりかえりもせず、手をあげて会話終了のサインを送ってきた。

俺はひとりきりだった。ちゃんとうしろを向いて誰もいないのを確認した。曽我野も見ていない。何に対してかはわかんないけど、UK式に人差し指と中指を思いきりおっ立ててやった。何かわからんけど「ザマアみやがれ！」って気分になった。


昼飯を食いながらカマタリさんにそのことを話したら、

「よかったですナ、よい返事をもらえて」

と祝福っぽいことばをかけられた。

「よかっただろ。もうすぐ日本が救われるぜ」

皮肉っぽくいうと、

「イヤイヤ、タイチさんにとってよかったという意味でいったのでシテ」

と妙にまじめくさった顔でいう。「二十一世紀の人間にとって個人の幸福を追求する以上のことは思いのおよばぬことでしょうから、マ、よかったですナ」

「何かむかつくなオマエ」

カマタリさんはラーメンライスを食うために使っていた箸《はし》とれんげをお盆《ぼん》の上に置き、俺の手を握った。

「タイチさん」

「な、何だよ、急に」

「がんばってくださいナ。皇国《こうこく》の興廃《こうはい》この一戦にあり、というやつですヨ」

「あァ？　何いってんだよ……」

俺は周囲の目を気にして、手を引いた。

「タイチさん、ナンならその日の内にえみスィーと一戦まじえる覚悟でがんばってくださいナ」

「それはねーよ」

俺がいうと、カマタリさんは「ハテ？」とかけラーメン（みそ）のどんぶりをのぞきこむ。

「それはない……？　データによるとタイチさんは六対四で異性愛者《ヘテロセクシャル》のはずですが……」

「ずいぶん拮抗《きっこう》してんな、おい」

その昼休みからカマタリさんはいっそう俺から距離を取るようになった。

かといって他の教室に移動するとかではなく、旧山背《やましろ》軍団に取りまかれて楽しそうにおしゃべりする。ありし日の山背以上のリア充ぶりだ。ただのヘンなヤツだと思っていたので、ここまでやるとは意外だった。

まあ、コミュニケーション能力は高いからな。

顔もまあ、けっこうカワイイからな。

カマタリさんに避けられて、曽我野の方もいっしょに映画行ってくれることにはなったがいままでより親密になるといったことはなく、俺はひとりぼっち時代に逆もどりした気分だった。

思ってもみなかったところから反響があった。知らない内に俺のコミュニティは拡大していたみたいだ。

『タイチ先輩、どういうことなんですか』

家でパイレーツ・オブ・カリビアンの旧作観てたら、入香《いるか》ちゃんから電話がかかってきた。

「え？　どういうことって、何が？」

『わたし聞きましたよ。タイチ先輩、アレとどっか行くって』

アレ……姉をアレ呼ばわりする妹って……。

「ああ、曽我野がいってた？」

『いえ。由真子《ゆまこ》ちゃんから聞きました』

入香ちゃんは興奮して語気が荒い。『タイチ先輩、アレはやめといた方がいいですよ。先輩はだまされてるんだと思います』

「いやいや、だまされてるって……」

『だってあの人、タイチ先輩の前ではどんなだか知りませんけど、うちではブアイソだし口悪いし人をバカにしてるしバカだしアイスは勝手に食べるし——』

俺の前でもまったく同じじゃん。アイス勝手に食われたことはねーけど。

「なるほどねー。俺、だまされてんのかなあ」

『そうですよ』

入香ちゃんが鼻息をフゴフゴいわせてる。

この子、気が荒くて直情型でリアクション大きいから、ついついからかいたくなってしまう。曽我野の気持ちもわかるな。

「じゃあ俺、だまされてもいいや」

『えっ？』

「しょせん男と女ってだましだまされのライアーゲームじゃん？　だから、それでいいと思う」

『えー……』

電話の向こうで困惑している入香ちゃんの姿が目に浮かぶようだ。

「入香ちゃんはそういうのってない？　好きな人の前でネコかぶるとかさあ」

『そりゃあまあ……』

「あれ？　てことは、いつもブアイソなきみのお姉ちゃんは俺のこと好きじゃないってことなのか？」

『いや、それはないと思いますけど……』

「ん？　それはない？」

『わ、わかりませんよ、そんなのッ』

憤慨《ふんがい》したように入香ちゃんはいう。『とにかく、わたしはタイチ先輩のことが心配で、それで電話しただけですから』

「ああ、それはどうも」

『わたしホント知りませんからね、だまされてひどい目にあっても』

「まあ、せいぜい気をつけるよ」

電話を切って考える。

入香ちゃんは曽我野のことをすごく気にしている。一方の曽我野はブアイソだ。

まるで片思いだな。

そして俺の立場は入香ちゃんに似ている。曽我野はいつもブアイソだから。


土曜日の四時間目の授業が終わって、教室が週で一番の解放感に包まれているとき、曽我野は早々と鞄を肩にかけて俺の机《つくえ》の傍《かたわ》らにやってきた。

「行こっか」

彼女は座ったままの俺を見おろして、ぽつりといった。

「お、おお……」

俺はスイッチが入ってなかったので、ちょっととまどった。

クラスのやつらもまだほとんどが下校モードに切りかわってなくて、机のまわりでうろうろしている。

部活モードに切りかわってるやつはいて、机の上に弁当出して食いはじめてる。

「あの……メシどうする？」

学食とかで食ってから行くのかと思ってたずねたのだが、周囲の反応を見て、いまきくことじゃねーなと悟った。二人でどっか行くのバレバレだ。

「とりあえず出ようよ」

曽我野は俺の机に手を置いて、体を廊下に向けた。

「カマタリさん、チャオ！」

教室の外に向かう途中で曽我野がカマタリさんに声をかけた。物思いにふけっているような様子だった彼女は、俺たちに気づくと、とってつけたようにほほえんだ。

「チャオ、えみスィー。チャオ、タイチさん」

「チャオなら、カマタリさん」

俺は日伊ハイブリッドな挨拶《あいさつ》をして、教室を出た。


俺の嫌いな通学路はうちの学校の生徒で俺の嫌いな感じに混雑していた。

「映画、何時から？」

白線で区切られた狭い歩道で曽我野とくっついて歩いてるってだけで緊張《きんちょう》していた俺は、携帯をどこにしまっていたかもトンでいて、全身をまさぐった。

「えっとね……ちょっと待って……一時半だね」

「その次は？」

「次は……三時二十分」

「じゃあそれにしようよ。その前に向こうでご飯食べよ」

バスがエラそうに歩道ギリギリを走り、それに圧迫《あっぱく》された曽我野が幅寄せしてきて距離が有無をいわさぬ感じで縮まり、俺はうなずかざるをえなかった。

終点の駅の階段が来る位置に合わせて電車に乗りこむ曽我野を俺は引きとめたかった。同じ高校のやつらが多く乗る車内で二人でいるのは恥ずかしい。

曽我野自身はどこに出しても恥ずかしくないくらいカワイイ。薄汚れた急行列車の中でひときわ輝いている。並んで座る俺は気圧《けお》されて、車内の広告をひととおり眺めて心を鎮《しず》めてからでないと話しかけられなかった。

「ゴローちゃん元気？」

「ん？」

携帯をいじっていた曽我野が顔をあげた。「ああ、お父さん？　だいぶ復活してきた」

「そっか。よかった」

曽我野は携帯を鞄にしまい、向かいの窓を見ながら下唇《したくちびる》をいじった。

「あのさ、中野はうちのお父さん見て、引かなかった？」

「え？　引くって？」

「ほら、コレ」

彼女は自分の腕をつるりと撫《な》でた。どうやらタトゥーのことをいっているらしい。

「ああ、まあ最初はちょっとビビったかな」

「やっぱりねー。恥ずかしいから長袖《ながそで》着てってゆっといたんだけどね。いうこと聞かないから」

「あれってテーマ何なの？」

「テーマ？」

曽我野は一拍《いっぱく》置いて笑った。「ああ、あのタトゥーの？　別にないんじゃない？　深く考えてたらタトゥーなんか入れないでしょ、ふつう」

すれちがった列車がうしろの窓をドーンと鳴らして、俺と曽我野は「のわっ」つって前のめりになった。

「でも、ここんとこにわたしの名前入ってんだ」

曽我野は胸を指した。

「生まれた記念に、とかかな」

「うん、そう。ちっちゃいころは、お父さんの体に書いてあるから『笑詩』って名前なんだと思ってた」

「そこが名前の由来ってこと？」

「そうそう。あっちが先、みたいな」

俺たちは対向列車が来ないのを確認してから深く座りなおした。どこかで窓が開いているのか、車内をわずかに風が流れていた。

「ゴローちゃんのヘビは？」

「キャスパーのこと？　元気だよ」

「名前はかわいいな。あれサイズどのくらい？」

「んー、二・五ｍくらい」

「デカイなあ」

「でもおとなしかったでしょ？　手にエサのにおいとかついてなければ噛《か》みついたりしないし」

「ソレおとなしいっていわねーよ。エサって何食うの？」

「マウスとかヒヨコとかウズラのヒナとか」

「うーわ、絶対ムリ俺」

「最初はみんなそうなんだけど、食べるとこ見てたら平気になるよ。むしろおいしそうに見えてくる」

「え……おまえがエサやってんの？」

「お父さんが忙しいときはね。年一回あるかないか。そもそも月一くらいでしか食べないし」

「えー、ヒヨコをシメたりすんの？」

「ううん。冷凍で売ってるから、それをお湯につけて解凍《かいとう》するだけ。何回かお湯をかえないといけないのがメンドクサイけど、やっぱ食べてくれたらうれしいし」

「うわあ……意外と家庭的ッスねー」

「ヤな家庭だね」

曽我野の組んだ脚が俺のズボンの折り目をわずかにこすっていた。彼女が笑うたびに俺のズボンもかすかに震《ふる》えた。

「あー、わたしお腹減ってきた。お昼何にしようかね」

「ヤな話の流れだなオイ」

弱冷房車をうたっている割に外より蒸し暑く、座席に触れたところに汗がにじむ。隣に座る彼女は汗もかかず、きっとヘビみたいにひんやりとした肌《はだ》だ。

街はカップルであふれていて、俺は「俺と曽我野も端《はた》から見ればカップルみたいなのかな？」って思った。

映画館のある方へ一応は足を向けながら、所在なく食い物屋の看板《かんばん》に目をやる。

「何食うかなあ」

リアクションがないのでふりかえってみると、曽我野ははるか後方で紺色《こんいろ》の和服っぽい制服を着た男につかまっていた。

俺は立ちどまって、あちらさんの話が終わるのを待った。

それに気づいた曽我野が客引きを小走りで振りきってきた。

「はい、これ」

彼女は俺にチラシをさしだした。

「何これ？　黒ミソとんこつラーメン？　うまそうじゃん。ここ行ってみようか」

「やだ。ていうか途中からナンパされてたし」

「何ッ？」

こっち見てる客引きヤロウを俺はにらみつけた。「アイツ、何なんだよ。仕事ナメてんのか？」

「ツッコミどころ、そこじゃないでしょ」

彼女に背中を突きおされ、俺はふたたび歩きだした。「そこは『俺がいるのに何声かけてんの？』でしょ」

彼女は跳《は》ねるような足取りで俺を追いこしていった。俺は手の中のチラシを丸めてポケットにつっこんだ。

「わたしってすぐナンパされたり告られたりするじゃん？　誰にでも愛想がいいからかなぁ」

そういわれて、何が「するじゃん？」だよ、つーかブアイソじゃん、と思い、

「いや、知らねーし」

といいかえした。「つか何？　自慢《じまん》？」

「そうじゃなくて――」

彼女は肩にかけた鞄のひもを両手でつかんで歩きつづけた。「何かさ、そういうのってやだなーって。いきなりいわれて好きになるとか、ないから。ふだんから心がつうじあってないとダメだと思うんだ」

「あー、わかるわー」

「ウソだあ」

うしろ歩きになった彼女はおなかに手を当てて笑った。

「ホントだって。俺、学校でしょっちゅうナンパされたり告《コク》られたりしてんじゃん？」

「してないじゃん。休み時間は寝たフリしてるし」

「いや……あれは……ひとりになりたいっていうか……あれ？　寝たフリってバレてた？」

「バレバレだよ。肩のところにね、こうやって力が入ってるのがわかるもん」

彼女はおおげさに肩をいからせて笑った。

回転寿司の看板が目に入ったので、

「あ、シースー」

と業界用語でつぶやくと、曽我野は、

「何？」

といって立ちどまった。

「俺、寿司食いたい」

「スシ？」

彼女はヘンな顔して俺を見た。

あ、ヤバイ、これは「そんなに寿司が好きなら一生食ってろや！」とドロップキックで酢飯《すめし》の池にたたきおとされるパターンだ、と思い、とりあえず周囲に酢飯がないことを確認した。

「食べたいの？」

ときかれて、俺はうなずいた。

「うん、食べたい」

「じゃあ入ろっか」

即決した彼女はためらうことなく店の引き戸をガラリと開けた。

うおっ、俺の彼女、男前……。もう一度いう。俺の彼女、男前。ウソでもいいから外堀《そとぼり》埋めてきゃ夢はかなうって某《ぼう》タヌキ将軍が大坂夏の陣で証明してみせたからまちがいねーと思う。

曽我野は空席さがしてキョロキョロした。俺は彼女の背後に隠れるようにして店に足を踏みいれた。

「制服さんお断りとかそういうのねーのかなあ、寿司屋って」

「別にないでしょ」

向かいあって座るブースみたいなところに俺はひっぱられていった。

「中野ってこういうとき、好きなのから食べる派？」

おしぼりで手をぬぐいながら曽我野がたずねてくる。

「そうだなあ。先に食うタイプかな」

俺はテーブルの上のおすすめメニューを手に取った。「こういうところならまだいいんだけど、家だと勝手に食われるから、弟に」

「あー、うちは逆。ほかが全部食べたのを確認してから食べる」

「何それ」

「好きなものって最後に自分が食べていたいじゃない？　妹とかが食べてないのに自分だけ食べれるっていうのが、何ていうか……最高のスパイス？」

「姉貴としては最低だな」

俺は宣言《せんげん》どおり、好きなものから注文する。ウニとネギトロ。この二つさえあれば、俺はやっていける。

曽我野の頼んだ白身の握りが先に流れてきた。

「腹減ってんだろ？　先食っていいよ」

二つ並んだ寿司をじっと見まもる彼女の真剣な顔つきがおかしくて、俺は笑ってしまった。

「そう？　じゃあ、いただきまーす」

一度手を合わせると、彼女は慣れた手つきでスッと手に取り、軽やかな動作で口へ運んだ。

「うひ〜、おいひ〜」

またたくまに彼女は二つともたいらげてしまった。

コンベアの上方にかかげられたメニューの札を見あげながら、おしぼりで指をぬぐう。

「よし。本気出そっと。今日ワリカンとかナシね」

「あ、ああ……。こっちが誘ったんだし、おごるよ」

俺がいうと彼女はキッと鋭《するど》い目でこちらを見た。

「いや、会計別々で」

「いやいや、おごりでいいって」

「わたし、食べ物のことで遠慮したくないっていうか、妥協《だきょう》したくないっていうか——要するに中野のサイフなんて当てにしてないから」

ヒデーいわれようだが、「初期山岡士郎《やまおかしろう》はパンク」を持論としている俺にとっては、これくらいの暴言、充分に許容範囲だ。「ネタは一流、シャリも一流。だが中野、テメーのツラが三流だ」くらいいわれてもたぶん平気。

実際、曽我野はメッチャ食った。

それもスゲー幸せそうな顔して食う。

向かいあっている俺は笑いをこらえるのに必死でメシどころじゃなかった。

こいつ食いしんぼうかよ。いつものブアイソどこ行ったんだ。パーティのときもブスッとしてたくせに。

クラスのやつら、曽我野のこんな表情見たことないだろうな。

「おまえ、うまそうに食うなあ」

俺がいうと、曽我野は指をなめて「きゅぷっ」と音を立てた。

「うん。よくいわれる」

そういって次の皿にかかると、いっそう幸せそうな顔になる。俺は声を出して笑ってしまった。

「え、何？　何かヘンかな」

赤身の握りをお迎えにいっていた口を閉じて、曽我野が俺を見る。俺は手で口を隠して笑いの波が消えるのを待った。

「いや、全然。むしろいいよ。見てるこっちも幸せな気分になる」

「えへへ、ありがと」

曽我野は口元をほころばせ、寿司をパクリとやった。

コイツ、ただの素直かよ。

「えへへ」っていったよ、いま。そんでいつもの「ありがと」だよ。ダメだコイツかわいすぎる。

何かのワナだろコレ。俺いま大事なミッション進行中なのにこんなとこでウツツをぬかしてていいワケ？　本来曽我野が俺にウツツぬかしてなきゃいけないのに。

どんどん積みあげられていく皿を見れば、曽我野のウツツをぬかしてるのはむしろ寿司であって、つまり俺のライバルは寿司――俺ＶＳ寿司じゃあ、キャリア・知名度・回転力のいずれにおいても俺の完敗だから、ここはひとつ手を握るしかねえ。

デデーンとセーブポイントにもどって『太一《タイチ》の寿司　修行編』って形で再スタートしよう。「飯炊《めした》き三年握り八年」の世界で曽我野攻略が何年先のことになるのか見当もつかないけど。

そしたらカマタリさん、あきれて帰っちゃうかもな。

ジャック・スパロウはパンクだった。とりあえず家帰ったらカーチャンのアイライナーこっそり塗《ぬ》りまくろう。

劇場に明かりがもどって、曽我野《そがの》がトイレに行き、俺は映画のチラシが置かれている棚の前で待つことにした。

映画の感想とかこのあとどうしようかとか色々考えていたのだが、トイレが混んでいるのか、曽我野の帰りが遅いので、考えすぎてわけがわからなくなる。

二十分くらいしてもどってきた曽我野は、同じように女子トイレから出てきた女性陣の中でもダントツにかわいくて、俺《おれ》の頭のわけわかんない考えなんか吹きとんでしまった。

俺たちは無言で映画館を出た。

結局そのあと二人で行くところなんてどこにもなかった。

夜の街が夜の顔を取りもどそうとしている側《そば》を俺たちはとおりすぎるしかなかった。

どこをどう取っても俺と曽我野は場ちがいだった。

生ぬるい風と人の波に押しながされて俺たちは駅まで歩いた。駅ビルの落とす影とそこから漏《も》れる白い光に、夕方の空も暗く映った。

曽我野の乗る私鉄の改札口が駅に入ってすぐのところにあった。

「じゃあな」

「うん」

曽我野はまだ何かいいたげだったけど、改札をとおろうとする人たちに巻きこまれるような形で俺の前から離れていった。

「気をつけて」

そういって俺は手を振った。

「あ、先にいわれた」

曽我野は取りだした定期入れを振って笑った。

彼女の制服が仕事帰りのスーツたちにまぎれていく。それを見ていると、さみしさと愛《いと》しさで息もできなくなった。

彼女がふりかえり、笑顔で手を振ってきた。

胸を締めつける苦しみを取りのぞく方法がそのときわかった。

「また今度、いっしょに、映画とか、何でもいいから、来ような」

一歩横に出て人の流れをやりすごし、俺は彼女に呼びかけた。

彼女は俺に合わせて横に動いた。

「うん」

「今度も、できたら次も、その次も――」

俺はさっきよりも大きな声を出した。いまいるところも改札口へのとおり道になっていて、彼女との距離を保つためにはもう一歩位置をずらさなければならない。彼女が何かいったけど、周囲の物音にかきけされた。

一度まわりに視線をめぐらして、彼女は俺と平行に移動した。

俺は、攻略とか未来とか関係なく、曽我野といっしょにいたいんだっていいたかった。

彼女の鞄《かばん》の中で携帯が鳴った。それを取りだした彼女が、

「あ、お姉《ねえ》からだ。ちょっと待ってね」

といって耳に当てる。

ふだんなら会話が途切《とぎ》れて調子狂うとこだけど、いまはいい。

すこしでも長く曽我野といっしょにいたい。

「いま？　いま駅。中野《なかの》？　うん、いまいっしょだけど……」

曽我野が俺に目を向ける。姉妹で俺のこと話してるって考えると何かこそばゆいな。

「ハァ、何それ？　入香《いるか》が？　あの子がそういったの？　うん……うん……わかった。

ちょっと確認してみる。うん、じゃあね」

電話を切った曽我野は深いため息をついた。深すぎてガクッと肩が落ちちゃうくらいだった。とおりすがりに俺のこと邪魔《じゃま》くさそうに見たおっさんが曽我野には気づかうような視線を送った。

「はあ……もうガッカリだね」

「ガッカリって何だよ」

「中野、あんたさあ、カマタリさんのこと好きなんだって？」

「え？」

俺は思わず改札機のあいだをとおりぬけそうになってしまった。チャイムの音とともにやんわりと遮断《しゃだん》される。

「え？　何いってんだ？」

「あんたカマタリさんのこと好きって弟に話したでしょ。そのことをうちの妹が聞いたって」

曽我野は恨《うら》みのこもった眼で俺をにらみつける。

「そんなこといってねーよ」

と答えたあとで、記憶の底からある光景が浮上してきた。

入香ちゃんのバースデーパーティについて話しあってたとき、ヒロミに「カマタリさんのこと好きか」ってきかれて——

「あー、いった……かも……」

曽我野はあごをあげ、俺の目を避けるようにして駅舎の暗い天井《てんじょう》を見あげた。

「あーあ、やっぱりなー。そうだと思ってたんだ」

「いや、そうじゃない。俺は——」

「わたしさー、今日のコレ、デートだと思ってた。勝手に。ホントはちがうのにさ」

「いや、そうだよ。俺もデートだって——」

「で？　次はカマタリさんとデートする番？」

俺を責めてるのに、曽我野は俺を見ようとしない。それがかえってこたえる。

「いや、ちがうよ。俺が好きなのは……おまえだし……」

俺としては思いきった告白のつもりだったんだけど、曽我野はやたら感情のこもったため息をついて、片手を眉間《みけん》に押しあてた。

「さっきもいったけどさー、告白されて好きになるとか、ないから」

「ごめん……」

望みが絶たれた。

「もう帰るね」

曽我野が踵《きびす》を返して人の流れにふたたび乗る。混雑してるせいでその背中は俺の前からなかなか遠ざからない。

彼女のことはあきらめきれないけど、俺自身のことはあきらめていた。

俺は失敗した。このあとに待ちうけてるものは例のデデーンだ。

もうムリだ。セーブポイントにもどって、もう一回やるなんてできない。

俺はいままですこしずつ曽我野に近づいていった。そうしていまの距離にたどりついて、そこにいる彼女のことを好きになったんだから、やりなおして、いまと同じく好きにはなれない。

カマタリさんにたのんで記憶を消してもらおう。はるかむかしのことまで忘れちゃってもかまわない。どこまでさかのぼったって、曽我野がいないのには変わりないんだから。

いや、何ならもう時空のはざまに放りこまれたっていい。

俺は改札機の向こう側に叫《さけ》んだ。

「俺、ホントにおまえのこと好きだから」

どうせなかったことになる。でも最後にいっておきたかった。

彼女はふりかえらなかった。

いつもの失敗と同じように、俺はうつむいて、そのときに備えた。急に目の前が真っ暗になってもバランス崩《くず》さないように、両方の足にかける体重を均等にする。部屋の床に足が着いたときに転ばないように、体の力をぬいておく。

それはなかなか来なかった。通行人にうしろから肩をぶつけられて、前のめりになってしまう。

クラッシュの『ルーディ・キャント・フェイル』が流れた。俺の携帯からだった。

こんなの入れたっけ、と考えて、すぐにひらめいた。

ヤツならやれる。ハッキングして勝手に着メロ登録するくらい平気でやる。

「カマタリさん？」

『ヤアヤア、お困りのようですナ』

電話の向こうからあのトボケた声が聞こえる。『えみスィーの通話を傍受《ぼうじゅ》しましたヨ。タイチさん、わたしのことが好きだったのですナ』

「いや、ちげーよ。それはことばのアヤで――」

『マア、冗談《じょうだん》はさておき、当面の問題はえみスィーですナ。これをどうにかしましょう』

「どうにかって……どうにかできるのか？」

『ハイ。最後の手段ですが』

「最後の手段って何だよ」

『山背《やましろ》くんを時空のはざまから拾いあげます』

「山背を……？」

『そうすることによって、えみスィーの頭からわたしの記憶は消え、山背くんと置きかわります。つまり、タイチさんは山背くんが好きだとカミングアウトしたことになりますナ』

「それはそれで問題じゃねーのか？」

『バイセクシャル疑惑の払拭《ふっしょく》作業についてはタイチさんにおまかせしますヨ』

カマタリさんはカラカラと笑った。『オッ、いまモニターに山背くんの姿をとらえました。これより回収します。ムムッ、こりゃまた厄介《やっかい》なところに……。段差が邪魔でアームがうまくひっかかりません』

「おいおい……早くしてくれよ」

俺は曽我野の歩いていった方向に視線を走らせた。そのとき、ひとつの疑問が生じた。

「あれ……？　てことは、カマタリさんはどうなんの？　山背がもどってきたら、カマタリさんの居場所は？」

『なくなりますナ。飛鳥学園《あすかがくえん》高校における籍《せき》もなくなりますし、人々の記憶からも消えているわけですから、登校すれば「謎《なぞ》の未来派美少女現わる」と大騒ぎになってしまいます』

「え？　じゃあ……」

『任務をはずれることになりますナ』

サラッというなあ。

「じゃあ、これってラストチャンスか？　カマタリさんはそれでいいのか？　俺だって自信ないのに……」

『ムッ、山背くんの回収に成功しました！』

カマタリさんはすごい画期的みたいな感じでいうが、俺の見る限り、世界には何の変化もない。『現在、高校の屋上に安置されています』

「安置っていうな」

『時空のはざまにいた後遺症《こういしょう》で、二、三日は笑ったり泣いたりできないでしょうが、命に別状はありません』

「ホントおまえさあ、人のことを何だと――」

『そんなことよりタイチさん、えみスィーはいまどうしていますか？　駅の監視カメラで確認できないのですが』

「あァ？　怒って帰っちゃったよ」

『早く追いかけてくださいナ。怒っているなら……ウン、たぶんだいじょうぶですヨ』

監視カメラでのぞき見してくれてやがる件はおいといて、俺はズボンのポケットをさぐった。曽我野の家に行ったとき、定期に余分なチャージをしておいたはずだ。

「カマタリさん、ありがとう。俺、やってみるよ」

俺は携帯を胸に当ててから、ポケットにしまった。別にアイツのためにやってるわけじゃないけど、感謝はしてる。おせっかいなくらい俺のことを心配してくれてる。

列に割りこみ自動改札機をぬけて曽我野のもとへ向かう。

階段をのぼってる、ひときわミニスカなのが彼女だった。

ホームからおりてくる人の数が急に増える。いま着いた電車に乗るつもりらしく、彼女はかけ足になった。俺は、踊《おど》り場《ば》を挟《はさ》んでかなり離れたところにいたけれど、ホームのアナウンスに負けないくらい大きな声で呼びかけた。

「曽我野、ちょっと待てよ」

立ちどまりふりかえった曽我野が階段をおりてくる人に押されて段を踏みはずしそうになるものだから、見ててひやっとした。

彼女は銀色の手すりにつかまって体を支えた。同じ手すりをつかんで俺は階段を一足飛びにかけあがった。

「何?」

彼女は俺を見おろして冷ややかにいった。俺は丸い手すりを握りしめた。

「あのさ、一応確認だけど、由真子《ゆまこ》さん、電話で何ていってたんだっけ?」

距離はあるけど、イラッときてるのが肌にビリビリ伝わってくる。

「だからー、うちの妹があんたの弟から聞いた話で、あんたが山背のこと好きだって——」

ことばにつかえて彼女が首をかしげる。「山……背……？　あれ？」

「俺、山背好きだぜ。友達だもん」

スゲー当たり前のことといってるだけなのに、やたらと声が震《ふる》えた。「俺、山背もおまえも好き。ダメかな？」

冷たい手すりに触れていた手を曽我野は自分のほおに当てた。

「いや、全然いいけど……。あれ？　わたしなんでキレてたんだろ」

足元を見たら、彼女とのあいだに段差がいくつもあった。俺はそれを踏みのぼって、できる限り彼女に近づいた。

「いまのもう一回、ちゃんといいたい。聞いてくれるか」

「うん」

彼女が俺に投げかける視線はさっきとまったくちがった。近くて、温かかった。

「俺、あなたのことが好きです。俺とつきあってください。お願いします」

改札口からホームにあふれでようとする人の波が俺の肩や背中をたたくけれど、俺は意地でも彼女の前から動く気はなかった。邪魔なのはわかってるけど、ちょっと待てって話だ。

「……はい」

彼女は顔を伏せて、しかられてるアホの子みたいにうなずいた。

「ホントに？」

思わずたずねる俺に、彼女は、

「うん」

と重ねてうなずく。

「うっわ、どうしよう――」

ほっとして天を仰《あお》いだらそのままうしろに倒れて階段を転げおちそうになった。あわてて手すりをつかみなおすと、その腕を彼女につかまれた。

「危ないよ。気をつけて」

「ありがとう。マジうれしい。ホントにありがとう」

こういうときには「ありがとう」だって、俺は彼女から教わったんだ。

「わたしも……ありがと」

そういって彼女は恥ずかしげにうつむいた。


「曽我野、テスト勉強してる？」

俺がたずねると彼女は、

「まあちょっとだけ」

と愛想《あいそう》のない顔で答える。そうして、駅の通路を行きかう人の流れに視線を漂わせている。

俺たちは「つきあおう」って口約束を交《か》わしただけで、ほかは何も変わってない。どうして曽我野は俺とつきあってもいいと思うようになったのか、俺はどうして彼女が好きなのか、人生初の告白がどうして曽我野相手ってことになったのか——俺には全然わからないし、相手にきくような空気でもない。

告白したそばから抱きあってペロペロチュウチュウするようなこともなく、通行の妨《さまた》げにならないよう階段をおりて、壁際まで移動して、特に距離も縮まらないまま二人、立っている。

壁《かべ》に埋《う》めこまれたデパ地下の広告が俺と彼女を包むように輝いていた。先を急ぐ人たちからすこし離れて、ちょっとのあいだ何もせず、このままここにいたいと思った。きっと彼女も同じことを考えている。俺にはわかる。

それってスゴイことだ。

「テスト終わったらどっか行こうぜ」

俺がいうと、彼女は肩にかけた鞄をあいだに挟んで、広告に背中を預けた。

「うん。でもわたし夏休みは夏期講習ほとんど毎日」

「うわマジか」

「中野は？　予備校とか行かないの？」

「行く……けど、まだどこにするか決めてない」

「あー、だったらさあ――」

彼女は光を背負っていながら、まぶしげな目で俺を見る。「わたしといっしょのとこにする？　この近くなんだけど」

「いや、それはやめとく」

俺は彼女の真似《まね》して壁に寄りかかった。「中学校のときかよってた塾《じゅく》にさ、カップルが何組かいて、高校受験まぎわの一番キツイときに俺むかついて、『アイツら、みんな落ちろ』って祈ったんだ。そしたら――」

「そしたら？」

「けっこう第一志望とか受かってたね、みんな」

俺がいうと、彼女は「なーんだ」っていいつつちょっとホッとしたような表情を浮かべて笑いだした。

「俺の願いってなかなかかなわないんだ。だから俺、欲ばらないことにする。曽我野といっしょなら予備校も楽しいだろうけど、それだとたぶんダメなんだ」

「そっか、わかった」

彼女は腰をひねって、体をこちらに向けた。「じゃあそのあいだは電話とメールで」

「そうだな」

「テスト休みは絶対二人でどっか行こうね」

「うん」

「ていうか別にまた月曜から学校で会えるし。だからヘコまないで」

「ヘコんでねーけど？」

俺がいうと彼女は「何だよっ」といって肩にパンチを入れてきた。

「俺、ずっと曽我野に嫌われてるっていうか、気づかれてないって思ってた。俺がいるの見えてないんじゃないかって」

俺がいうと、彼女は体をくの字に折って笑った。

「あー、そうだね。見えてなかったかも。だって話しかけてこないんだもん」

「いや、だって——」

「でもさー」

彼女は顔にかかった髪をかきあげた。「話しかけてきてくれて、うれしかった」

「ホントに？」

「うん。中野ってブアイソだから、こっちもブアイソでいられるし。そういうのって楽でいいよね」

今度は俺が笑う番だった。

「いやいや、ブアイソなのはそっちだろ。俺はおまえに合わせてブアイソにしてたんだよ」

「ちがうねー。そっちが先にブアイソだったねー」

「絶対ちがう。そっちがブアイソ」

こういうやりとりがずっとつづけばいいなって思った。

いままでは、やりとりがつづくか否《いな》かは運まかせだった。

でも、今日からは俺たちの意思で決められる。

だから、今日のところはやめにする。別れても、明日がある。二人とも、それをわかってる。

広告の白い光の中でまわりから隔てられて二人きりになっていた俺たちは、「気をつけて」っていいあって別れた。

ホントならそこでヘコんでもおかしくなかったのに、ふしぎと平気だった。

離れていてもひとりじゃないって約束しただけで、俺は平気だ。何かのスイッチが入ると俺は彼女のことをまた愛《いと》しく思い、きっとそのとき彼女も俺が愛しい。

それってやっぱりスゴイことだ。

最寄り駅の改札口で制服着たカマタリさんが待っていた。

「この時代は公共の場に防犯カメラがすくなくていけませんナ。限られたアングルでしか二人をとらえられませんでしたヨ」

そういって例のハッキング端末を振る。

「ああ、明日からもっとすくなくなるぜ。俺が見つけ次第ぶっこわしていくからな」

このバカの相手をしていると、パンク・スピリッツがふつふつとわいてくるからふしぎだ。

すっかり暗くなった商店街を並んで歩いた。

「シテ、首尾《しゅび》はどうでしたかナ？」

カマタリさんは地面の石ころを蹴《け》った。転がる音だけ聞こえて、姿は見えなかった。

「俺……曽我野に自分の気持ちをちゃんと伝えて、つきあうことになった」

思っていたより彼女のリアクションは薄く、口をすぼめて「オ」といっただけだった。

「では攻略完了ですナ。おめでとうございます」

「いやいや――」

俺は首を横に振った。「何も終わってねーよ。俺、あいつのこと、まだ何も知らねーし、あいつもきっと俺のこと知らない。ようやくスタート地点って感じだな」

「その先は愛の力で何とかしてくださいナ」

カマタリさんはもう一度石を蹴った。

「投げやりすぎんだろ……」

「わたし、けっこう愛の力を信じているのですヨ。二十七世紀人としては、ですがナ」

そういって彼女は妙に余裕のある調子で笑った。

さっき彼女は電話でいっていた——山背を元にもどしたって。それってつまり……そういうことだよな。

「カマタリさん帰っちゃうのか」

俺がたずねると、彼女は俺がいままでにしたくだらない質問に対するのと同じ調子で、

「ハイ、そうですヨ」

と答えた。

「俺んちの隣に……じゃねーよな」

「ハイ、もちろん二六五五年に帰るのですヨ」

俺は心の整理がつかずに、とりあえず笑ってしまった。

「オイオイ、このまま俺ほっといて帰んのかよ。アフターケアも何もなしか？」

「タイチさんならだいじょうぶですヨ。一度恋したら粘《ねば》り強いタイプですからナ」

カマタリさんは誰《だれ》かの家の前で点灯した防犯用のライトに近づいていってのぞきこみ、またもどってきた。「我々の採取したデータがそれを証明しているのでシテ」

「データ？」

「そうです。十七歳時点で八人、ですか……」

彼女が極道端末《ごくどうたんまつ》をいじると、見おぼえのある顔の画像が浮かびあがった。「これまでにタイチさんが恋した女性たちですナ。マアいずれもロクに会話すらしていないクセにいまだあきらめきれずに片思いをつづけているというのは、タイチさん、これは才能としかいいようがありませんナ」

マジこういうのどこで調べてくるんだ……？

「確かにみんないまでも夢に出てきて『本当はタイチくんのこと好きだったんだ』っていってくれるけどさ。それで俺、目がさめてから涙が止まんないんだけどさ。何なの？それとこれと何の関係があんの？」

「データはデータですヨ。それ以上でもそれ以下でもないのですからシテ」

カマタリさんはしかめっつらになって、「ムイッ」と歯をむきだしにした。

俺いまだにコイツのキレるポイントがわからない。

「タイチさんはコミュニケーション能力が低いですナ」

「おまえにいわれんでもわかっとる」

俺はカマタリさんの頭をポチャポチャたたいた。

「何といいますか……本当のことをいうのが、あなたはとてもヘタです」

ポチャポチャ揺れながらカマタリさんはいう。「本当のことをいうときに、あなたはむやみに自分を傷つけるやり方でいってしまう。ほかにいい方法を思いついていても、わざわざイバラの道を選んでしまう。これは損ですヨ。もっと自分をかわいがってあげてくださいナ」

「ムリだね。なぜならそれがパンクだから。自己破壊の衝動ってヤツだ」

「フムウ……」

カマタリさんはポチャポチャやられながらアヒル口で考えこんだ。「あなたもそうなのですが、えみスィーも同じタイプなのですヨ。自己評価が妙に低くて、自暴自棄《じぼうじき》になりやすいのです」

「あー、そうなの？　……あー、そうかも」

「パンクだの自己破壊だのといったタワゴトはともかくとシテ、自分にとって大事なものを見失わないようにしてください。えみスィーはすばらしい女性ですナ？」

「あ？　……ああ」

「そのすばらしい女性に愛されるあなたもまた、すばらしい男性ですナ？」

「いや、それはどうかと……」

「では、えみスィーというすばらしい女性を愛するということ――これはすばらしい行為ですナ？」

「ああ、それはそうかもな」

「そのことをどうか忘れないでください。すばらしいパートナーとともに生きることはすばらしいことなのです。そしてあなたもまた、それに値するすばらしい存在なのです。決して自分を貶《おとし》めず、蔑《さげす》まず、軽んじないでください。自分を大事にすることが相手を大事にすることに通じるのですヨ」

カマタリさんは片手で俺の手を弾き、もう一方の手でポチャポチャポチャッと俺の頭を乱打した。「この夏、曽我野笑詩《えみし》は予備校で本来の結婚相手に出会うことになりますが、いまわたしがいったようなことを心がけておけばたぶんだいじょうぶですヨ」

「いまサラッと一大事じゃなかったか？」

俺は彼女の腕をつかんだ。「それ先にいえよ。俺、いっしょに予備校行く話断っちゃったじゃねーかよ」

「いっしょに行かなくても策はありますヨ」

カマタリさんはバンザイするようにして俺の手を振りはらった。「たとえばえみスィーの携帯やメモ帳、鞄の中身などをこまめにチェックしたり――」

「もっと夢のある対策はねーのかよ」

空しく宙をつかむ俺に向かって、カマタリさんはふいに柔らかな笑顔を向けた。

「タイチさんはこれから立ちどまらずに未来へと進んでいくのですヨ――愛する人と手を取りあって。これ以上の夢がありますかナ？」

「俺、未来へ進むことがいいことだとは思えないんだよな。オマエ見てると特にそう思う」

「すくなくとも自然ではありますナ、過去にもどるよりも」

彼女は端末をかかげた。「セーブポイントは撤去《てっきょ》しておきました。もう時の流れは一方通行ですヨ」

「なあ、あのデデーンってのがないなら俺的には全然問題ないし、もうすこしこっちにいたら？」

「なぜですかナ？」

「なぜってホラ――」

俺はかゆくもない頭をかいた。「カマタリさんは俺の親友だから。急にいなくなったら、さみしいよ」

彼女は首をかしげて、「アハン？」と笑った。

「オオ、やはりむかしの人は人情を重んずるのですナ。わたし、感動しましたヨ」

「むかしっつーか、いつの時代だってそうだろ」

「ア、わたし、以前本で読んだことを思いだしましたヨ。なんでもむかしは友人と別れる際にツマラナイ贈り物をする風習があったとか。確かオミ……ヤ？　オミヤ……ギ……？　そんな感じの……」

「おみやげなあ、がれ」

「ソウソウ、それですナ。アア、オミヤーギ――それはあこがれ」

……完全に催促《さいそく》されてる。

「おみやげっつったってよォ、急にそんな――」

「オヤ、あそこにコンビニが」

カマタリさんは道の先を照らす光に目を向けた。「わたし、コンビニのカラアーギがとても気に入りました」

「からあげな。わかったわかった。買ってくるからちょっと待ってろ」

俺は走っていって、店の中に入るなり、

「これ全部ください」

といってレジ横の保温器に入っていたからあげを買いしめた。

雑誌を立ち読みしてた、近所の高校の部活帰りっぽい連中が、

「オイ、からあげ全部買われた」

「あァ？　マジかよ」

と騒ぎだしたので、急いで金を払って逃げかえる。

「オオ、救いようもなくジャンクなフードをどうもありがとうございます」

カマタリさんは小さい動物を抱くみたいにコンビニ袋をてのひらでふわっと受けとめ

た。

「冷めてもチンすりゃ食えるから。向こうにレンジあるかどうか知らんけど」

「うれしいです、タイチさん。本当にありがとうございます」

彼女のどこ見てんだかわからない目が俺にフワフワと注がれて、くすぐったかった。

俺はカマタリさんがそれ以上何かいうのを遮《さえぎ》り、手を振った。

彼女に感謝される筋合いはない。

俺は俺のために行動した。美しき自己中《ビューティフル・セルフィッシュ》――それが俺。

むしろ俺の方が感謝しなくちゃならない。この二週間――体感時間ではもっとだが――色々なことがあって、色々なことが変わった。

彼女ができて、親友ができて、その親友がいなくなる。

「では、ここでお別れしますかナ」

彼女は俺の家の前でからあげを一本取りだし、もしゃもしゃ食いはじめた。

「今度は仕事じゃなくて遊びに来いよな」

そんなのムリだってわかってて、俺はムリにいった。

こんなヘンなヤツが大量にわいて出たら俺だって気づく。

未来人にとって過去への旅行はきっと難しいんだ。

「そうですナ。いつかまた――」

　地面に視線を落としていたカマタリさんがムリに明るい声を発した。「わたしからもオミヤーギをさしあげます。つまらないものですが、受けとってもらえますかナ」

「ああ、うん。もちろん」

俺がうなずくと、彼女はゆっくり近づいてきて、俺の目の前に立った。

背伸びしてきた彼女の唇《くちびる》が俺の唇に柔《やわ》らかく触れた。

一瞬のできごとで、俺はきょとんとしてしまった。彼女はそれをキョットーンとした顔で見つめる。

「どうかしましたかナ？」

「いや……何すんだいきなり」

「オヤ、キスを知らないのですか？」

カマタリさんは首をかしげる。

「いや、知ってるけどさあ……二十一世紀の日本じゃ挨拶代《あいさつが》わりのキスとかふつうしないぜ」

「二十七世紀でも、ふつうしませんヨ。日本はあいかわらず日本ですからナ」

彼女はピョンと跳びすさり、お隣さんの玄関のドアを開けた。「では、さようなら」

ドアがふたたび閉じられる。

「おい、ちょっと待て」

俺もつづいてドアを開けて飛びこむが、中は暗くがらんとしていた。

「カマタリさん？」

呼んでみるが、返事はない。気味が悪いくらい静かだった。

「あっさりしてんなァ」

未来人の時間感覚は絶対におかしい。急に来て急に帰っていく。こっちの都合なんかおかまいなし。二十七世紀でもふつうはしないって……それって……もう何なんだよ。最後の最後でモヤモヤさせやがって。

はいサヨナラって簡単になるわけねーだろバカヤロウ。

まだ感触の残っている唇を俺はてのひらの底でぬぐった。においをかいでみたら、メチャメチャ鶏肉《とりにく》クサかった。


家に帰り、玄関で靴《くつ》を脱いでため息をつく。

ここんとこずっと俺の部屋中心にいろんなところへ、時空を越えて行ったり来たりしてたけど、それももう終わった。

「タイチー、おかえりー。ご飯食べてきた？」

居間から母が顔を出した。

「いや」

「すぐ食べる?」

「うん」

食欲なんてあまりないのに、適当に答えて俺は階段をのぼる。

「あ、タイチ兄《に》ィ」

ヒロミが部屋から出てきて、俺を見おろす。「おかえ……あれ?」

階段をのぼりきった俺は、怪訝《けげん》そうな顔した弟と向かいあう。

「どうした?」

「タイチ兄ィ、泣いてんの?」

「あァ?」

てのひらで顔をこすると、さっきのからあげの脂《あぶら》が涙で延ばされてぬるりと来る。

「泣いてねーよ」

「泣いてんじゃん」

「泣いてねーよ。さっき人生最高のいいことがあったのに、なんで泣くんだよ」

「いいこと?」

「ああ――」

俺はぬるぬるのぐちょぐちょになった手を弟の肩にまわす。「それについては俺の部屋で話そう。ちょっと散らかってるけどな」

「いつものことでしょ」

弟が笑う。俺も笑う。

今度、部屋をきれいに掃除《そうじ》しよう。いつか曽我野が遊びに来てもだいじょうぶなように。いつかふたたびカマタリさんが来たら「オ、たいした進歩ですナ」って感心させられるように。

あんまたいしたことじゃないけど、いままでそんなことしなかった俺がそういうのする気になったたっていう、そのことが大事だと思うんだ。

Kamatari METHOD

3-6 愛する人の手を放すな

お隣《となり》の物部《もののべ》さんはそれから一週間もたたない内にもどってきた。一度ポシャりかけた中国企業との合弁《ごうべん》事業が向こうの大人の事情で「やっぱ問題ないアル」ということになったのだそうだ。

カマタリさんが二十一世紀の原状回復義務をどれだけ理解していたかは知らないが、居間の窓から伸びていた煙突《えんとつ》はなくなっていた。

毎朝そこの前をとおるたびに俺《おれ》はさみしく思う。登校中に話し相手がいないのってこんなに退屈だったろうか。

時空のはざまから復帰した山背《やましろ》は、ブランクを感じさせないフットワークの軽さでさっそくほかのクラスからも化学のノートを集め、あの先生の雑談を再構成した。俺は日本史のノートを写させることと引きかえにそれをゲットした。

何もかもスムーズに新しい状態へと移行していく。ちょっとスムーズすぎるくらいに。

俺と曽我野《そがの》は四時間目が終わると、弁当を手に教室を出た。階段をのぼり、最上階へ向かう。

早く二人きりになりたくて、人目も気にせず曽我野をせきたてて移動する。

気になるとすれば、彼女の目に俺の「早く二人きりになりたい」って気持ちが丸見えなんじゃないかってことだけだ。

並んで歩く彼女を見つめていたら、逆に顔をのぞきこまれた。

「何？」

と彼女はたずねてくる。

「いや、別に」

俺は話題に困ってしまう。カマタリさんのことを話に出さずにここ数週間のことを語るのは難しい。彼女の記憶の中でカマタリさんが占《し》めていた部分は山背に置きかえられている。

だから未来のことを話す。たった数週間ほど先の、ごく近い未来についてだけど。

「テスト終わったらどこ行こっか」

屋上につづく戸の前に腰をおろしてたずねると、曽我野はひざの上にのせた弁当箱を開き、

「どこでもいいよ」

と答えた。

俺だって本当はどこでもいい。彼女がいっしょなら。

そんなこと恥《は》ずかしいからいわないけど。

「お姉がさ、映画行けなくなったって」

マヨネーズのかかったブロッコリーをほおばりながら彼女がいった。

「あ、そうなんだ」

と答えて、由真子《ゆまこ》さんテストとかで忙しいのかな、仕方ないよね大学生だもん、と自分で自分を慰《なぐさ》める。「でもどうせなら直接いってほしかったわよねー」と俺の中のオネエが愚痴《ぐち》る。

まあ確かに。

アドレス教えたはずだけどな。どうして妹経由で——

「曽我野、ウソついてないか？」

カマかけてみると、彼女は軽くキレた口調で応じた。

「なんで」

「いや、もしかしたらって思って。俺、あとで由真子さんにメールしてみるわ」

「なんで」

「なんでって……都合悪かったんなら謝《あやま》っとこうと思って。俺ムリに誘っちゃったからさ」

俺が携帯《けいたい》を取りだすと、彼女は手を伸ばしてそれをひったくった。

「ダメダメダメ」

「なんで」

「いや、あの……ホントはわたしからお姉に頼んだの。『映画行くのやめて』って」

「ハア？　なんで」

「だってー、彼女いるのにほかの人とデートするとかおかしくない？　おかしいでしょ！」

俺は弁当箱を床に置き、携帯を取りかえしにかかった。

「デートじゃねえって。それに、ほかの人ってもおまえのネーチャンじゃん」

「ダメダメ、中野は絶対お姉を好きになる」

彼女は弁当を持って立ちあがり、俺の手を振りほどいた。

「イヤイヤ、ならねーよ」

「なるね。映画の話でもりあがって、すぐ恋に落ちるね。お姉カワイイから。それにさ、お姉の方も――」

「お姉の方も何だよ」

「……それはいいの！」

彼女は春雨《はるさめ》っぽいものを箸《はし》でかきこんだ。「とにかくなる！　絶対なる！」

「ならない。絶対にない」

「なんで」

「なんでって……俺、おまえが好きだし」

いってて恥ずかしい。「キャーッ」って叫《さけ》んで顔を手で覆《おお》いたくなる。

「……それが聞きたかった」

携帯を返してくる彼女も顔を真《ま》っ赤《か》にしている。

つかコイツうぜーな。こんな性格だったのか。

手の中の携帯が鳴った。メールが来ていた。

「あ、入香《いるか》ちゃんからだ。……弟たちと食堂にいるけど来ないかって。どうする？　いっしょに行く？」

「行くわけないじゃん」

彼女はブアイソに鼻で笑った。

俺は返信を打った。

『俺はいま彼女とイチャイチャしてるので行けません　その彼女というのはあなたの――』

「ハア？　ちょっと――」

彼女が俺の携帯を手で覆った。

「あっ、何すんだよ」

「アイツにはいわなくていいから」

「え？　俺たちつきあってること、入香ちゃんにいってないの？」

俺は彼女の顔色うかがいながら、てのひらの冷たささを味わった。

「いうわけないいじゃん」

彼女は色を失い、声を荒《あら》らげた。「アイツ絶対いいふらすし」

「俺はいいふらされても平気だけど？　弟にもいってあるしな」

「ハア？　何してんの」

「だってうちの兄弟には秘密なんかねーもん」

「うちはあるの！　いますぐ弟に口どめして！」

「しゃーねーなあ。ちょっと手ェ放せ。えーと『入香ちゃんへ　ヒロミに俺の彼女のことをいいふらさないように伝えておいてください　なぜなら彼女は妹にこのことを知られたくないと――』」

「ハア？　何いってんの」

「だってヒロミ携帯持ってないもん。入香ちゃんの伝言に頼るしかないじゃん」

ふたたび携帯の奪いあいになった。彼女の力はもう見きったので、持っていかれない程度に携帯の位置を変えて、彼女の体が密着するよう調節した。

階段の下に人の気配があった。

「おい、ちょっと——」

俺が耳元でささやくと、彼女も事態を察して階下を見おろす。だがその手は俺の手を握ったままだ。

そこを見事に目撃《もくげき》されてしまった。

「オメーら、何イチャイチャしてんだよ」

男どもの先頭を切ってのぼってくる山背にいわれて、曽我野はあわてて手を離した。

サッカーボールを小脇に抱えた山背は、ふりかえって仲間たちを見た。みな一様にニヤニヤといやらしい笑いを浮かべている。

「なあ、そんなヤツほっといてよォ、俺たちといいことして遊ぼうぜェ」

踊り場にたどりついた山背はそういって、俺の手首をつかんでひっぱった。

「俺かよ!」

そう叫んでズッコケたら、ウケた。

彼女も笑っている。

た、助かった……。さすが山背、この場の気まずい雰囲気《ふんいき》を笑いに変えてくれた。この恩は一生忘れない。今度時空のはざまに放りこまれるようなことがあったら、俺が身代わりになってやってもいい。二、三日くらいなら。

「あーあ、俺たちは男だけでサッカーか……」

ポーンとボールを突く山背の肩を、仲間たちが励《はげ》ますようにたたいた。三輪《みわ》が拾われた子犬みたいな濡れた目で山背を見ている。カマタリさんと山背が置きかわったことにまだ気づいていないのか、あるいはそっちに目覚めてしまったのか、定かではない。

「あーあ、ホントにやってる。暑そう」

扉《とびら》の明かりとりの窓から曽我野は屋上サッカーを観戦していた。

俺は最後の一口を食って、弁当箱にふたをした。

扉に寄りかかり、金属の伝える冷気を後頭部で感じていると、彼女が隣に腰をおろし、俺の真似《まね》をして体をうしろに預けた。

「ねえ」

「ん？」

「ホントはサッカーしたかった？」

「いや」

俺は彼女の瞳《ひとみ》から目をそらさなかった。「全然」

サッカーなんかよりおまえと――てなことをいおうとしたら、ドーンとものすごい衝撃を後頭部に食らって、俺と彼女はいっしょになって「のわっ」つって体を起こした。

「いまの何？」

「何やってんだよアイツら……」

俺は立ちあがり、窓をのぞいた。

山背軍団のひとりが、ボールを拾いに走ってきていた。

「ヘタクソ。どこ蹴《け》ってんだよ」

向こうは「悪い悪い」って感じで口をパクパクさせた。扉が閉まっているので声がよく聞こえない。

「まったく……FW《フォワード》の人材不足はあいかわらずだな」

文句いいながら腰をおろすと、隣の曽我野はうずくまって小さくなっていた。

「どうした？」

「ちょっとマジでびっくりして……まだドキドキしてる」

彼女は胸に手を当てて、ため息をついた。

「だいじょうぶか？　どれ、ちょっと見してみ」

俺は両手をお椀状《わんじょう》にして、彼女の胸に近づけた。

「ちょっと！　手の形おかしい！」

彼女は笑って、俺の手をはたく。

「ん、じゃあこれくらい？」

俺は彼女の胸をよく観察して、お椀のくぼみを浅くした。

今度は無言で肩をなぐられた。

「エロイ！」

「エロくはねーよ。ただ――」

「ただ？　ただ何よ」

「ただ――」

ただ好きなんや！　ちっちゃいってことは便利なんや！　って答えようとしたら、背後の戸が突然ガラリと重々しい音を立てたので、俺はびっくりして「おわー」っつって跳《と》びあがった。

扉のすきまから、あのとらえどころのない目がキョロリとのぞいていた。

「オヤオヤ、仲のよろしいことで。その後の歴史を知る者としては複雑ですナ」

「あっ、おまえ……」

ペタペタ足音を立てながらカマタリさんが屋内に入ってきて、「ヨッコラショ」とつぶやきながら両手で扉を閉めた。

「来ちゃいましたヨ」

「来ちゃ、いましたじゃねーよ」

もう二度と会えないと思っていたのに、あっさり帰ってきやがった。

時空を越えて。

アホみたいな青い髪もそのままに。

「びっくりさせやがって、ホントおまえは困ったヤツだな」

「すいませんナ。サプライズ体質でシテ」

カマタリさんは「クフン」と鼻の奥で笑った。

「カマタリさん、外暑かったでしょ」

曽我野が声をかけると、カマタリさんは急に手で顔をあおぎだした。

「暑いなんてものではありませんヨ。わたし温室育ちですからシテ、とても耐えられません」

「温室育ちなら暑いの平気じゃねーか」

俺がいうと彼女は「ハハン」と笑った。

まったく……コイツがいると調子狂うぜ。せっかく曽我野と二人でイイ雰囲気だったのによォ。

……ん？　おかしい。何かが狂ってる。

「おい、曽我野……いま、こいつのこと――」

「カマタリさんがどうかした？」

彼女は赤ちゃんのようなケガレない目を俺に向ける。

俺は立ちあがり、正午すぎの強い日差しに照らされた屋上に目をこらした。サッカーボールを追っている者の中に親友の顔はなかった。

「ああ……山背……またアイツ……」

「ヤマ……シ……ロ……？　誰？」

曽我野は完全に記憶をアレされている様子だ。

「タイチさん、ヘンなことをいってますナ」

カマタリさんが彼女といっしょになって笑った。

「何しに来たんだよ、お前」

俺がいうとカマタリさんは「アハン？」といって目をキョロキョロさせた。

「ちょっと、何しに来たとかいっちゃダメでしょ」

曽我野が俺の肩をたたいた。

「いや、でもさあ……」

彼女はカマタリさんの正体を知らない。ただの同級生だと思ってるんだ。

「タイチさん、わたしたちの現状をご報告します」

カマタリさんは端末から３Ｄグラフを映しだした。「タイチさんの攻略により、日本の二六五五年度ＧＤＰは前年比三〇〇％アップ、貿易赤字は一気に解消、失業率二〇％

ダウン、乳児死亡率は十分の一に爆下げ、来期アニメ放送数が前代未聞の八〇〇本に——」

数字を並べられても実感がわかない。曽我野はまばゆく林立するグラフに目を奪われている。

カマタリさんの話はつづく。

「タイチさんの偉業《いぎょう》を記念してタイチ神社建立《こんりゅう》、タイチ祭開催、タイチの日制定、ポケットモンスター・タイチ発売、まんがタイムきららタイチ創刊——」

「あーもう、わかったわかった」

俺は大声をあげてカマタリさんの話を遮った。彼女は「ムムン」とうなり、アヒル口を作った。

「わかったとは？」

「いや、ホントみんなの気持ちはうれしいよ。俺もそっちのみんなには感謝してる。だっていま俺スゲー幸せだから……」

俺は曽我野の手に手を重ねて、ぎゅっと握った。

「何？　急にどうしたの」

曽我野が照れたように笑った。

「イヤー、それはけっこうなのですが、話のつづきがありまシテ……」

カマタリさんは頭をかいた。

「何だよ、つづきって」

「ハイ。実は前のターゲットよりもっと凶悪な存在がこの二十一世紀にいることが判明いたしまシテ――」

カマタリさんは前のターゲットをチラリと横目に見た。「その攻略にぜひ特別時空エージェント・タイチさんのご協力を願いたいのですヨ」

「おい、何だよ特別エージェントって……知らねーぞ、そんなの」

「ＣＩＡが得意にしているやり方ですナ。汚れ仕事は現地雇《やと》いの工作員にやらせるのが一番です。何しろ使い捨てが可能ですし、安あがりですからナ」

「そんなんいわれて、やるヤツいねーよ」

マジ腐ってやがる。ジョー・ストラマーのいうとおり、アメリカのやり方にはウンザリだぜ。

「何何、何の話」

曽我野が俺の顔をのぞきこんできた。

「いや、何でもない」

「いまＣＩＡのエージェントがどうとかいってなかった？　わたしそういう話大好きなんだけど」

そういや曽我野って正史では日本初の女性首相になるはずだったんだよな……。政治工作スキーな下地があるのかもしれん。

「えみスィー、タイチさんを説得してくださいナ。日本を救うため、立ちあがってくれるように。そうでないと、わたし……クスんクスん」

カマタリさんは目をこすって泣きマネらしきことをするが、ネコが顔洗ってるようにしか見えない。

「何何、中野《なかの》が日本救うって？　わたしそういうの大好きなんだけど」

と曽我野がいう。実は俺、一度日本を救ってんだよな。おまえの魔の手から。

「お願いしますヨ、タイチさん」

カマタリさんが俺の隣に腰をおろし、フトモモを押しつけてきた。

「ねえ、日本を救うって実際何やるの？」

曽我野が俺の顔をいっそうのぞきこみ、その拍子にフトモモがぎゅっと押しつけられた。

こ・れ・は……まさかの女子板挟み《ハニートラップ》！　ヤバイ、こんなんされたら俺、イッちゃうよお。「俺が日本を救う！」っていっちゃうよお。

そのとき背後の戸ががらりと開かれ、

「カマタリさん、まだー？　人数足りねーんだけど」

三輪が顔を出した。

「アア、ハイハイ。いま行きますヨ」

カマタリさんはハニトラんのをあっさり中断して立ちあがった。

「ではタイチさん、いい返事をお待ちしてますヨ。わたし、またしばらくこちらに滞在しますからシテ」

そういいのこし、彼女は屋上に出ていった。

曽我野は俺に身を寄せたままだ。

「ねえ、日本を救うって何やるの」

まんまるでかわいらしい目をまっすぐ俺に向けてくる。

「ああ、実はさ……」

「何」

俺は彼女の顔をじっと見つめる。ぷるんとした唇《くちびる》でアヒル口を作っている。

「やっぱ秘密」

「何だよっ」

グーで肩を思いっきりなぐられた。痛みにうずくまりながら俺は、またあの騒がしく苛立《いらだ》たしい二、三日が何度も何度もくりかえされるのだと予感する。でも彼女がいてくれれば、あのひどい空回りの旅にもう一度チャレンジできるかもしれない。

「もーう、だから何なのよ」

つかみかかってくる彼女の冷たい手の感触を味わいながら、俺はちょっと前向きになっている自分に気づいていた。

了

付け足りさん

○二〇一一年六月十二日は日曜日である。この物語におけるそれは架空《かくう》の二〇一一年六月十二日だと思っていただきたい。
○上野《うえの》動物園のビーバーはすこし前に死んでしまったようだ。私の子どものころにはいたが、巣穴にかくれて顔も出さなかった。
○発情期にあるトルコスジイモリのオスは背中からくし状の突起《とっき》が伸びて、たいへんオシャレである。
○ツタヤは悪くない。一度に十本借りられればそれで充分である。
○「十四歳　女の子　妹みたい　欲しい」で試みに画像検索してみると、本当にエロい画像が出てきた。十八歳未満の読者諸氏は注意されたい。
○若くしてパンクにはまらない者は情熱が足りない。年を取ってパンクにはまっている者は知性が足りない。

——ウィンストン・チャーチル

○右の格言はウソなので、嫌いなやつに教えて恥《はじ》をかかせるとよい。

著者記す

初めまして挿絵を担当させて
頂きました一真です。

カマタリさんは救世主ですね。
お話は楽しい内容ですが
所々胸がチクチクしたりしなかっ
いえ、僕は大丈夫ですけどね！

挿絵は初だったので、いろん
所で四苦八苦、未熟さ
にじみ出ていますが、どう
生暖かい目で見ていただけ
と幸いです。

ここまで読んで下さ
有難うございました

●ご意見、ご感想をお寄せください。

ファンレターの宛て先
〒102-8431 東京都千代田区三番町6-1　株式会社エンターブレイン ファミ通文庫編集部
石川博品　先生　　　一真　先生

●ファミ通文庫の最新情報はこちらで。

FBonline　**http://www.enterbrain.co.jp/fb/**

●本書の内容・不良交換についてのお問い合わせ。

エンターブレイン カスタマーサポート　**0570-060-555**
(受付時間 土日祝日を除く 12:00〜17:00)
メールアドレス：**support@ml.enterbrain.co.jp**

ファミ通文庫

クズがみるみるそれなりになる「カマタリさん式《しき》」モテ入門《にゅうもん》

二〇一一年一二月一二日　初版発行

著　者　石川《いしかわ》博品《ひろし》
発行人　浜村弘一
編集人　森　好正
発行所　株式会社エンターブレイン
〒一〇二-八四三一　東京都千代田区三番町六-一
電話　〇五七〇-〇六〇-五五五(代表)
発売元　株式会社角川グループパブリッシング
〒一〇二-八一七七　東京都千代田区富士見二-一三-三
編　集　ファミ通文庫編集部
担　当　長島敏介
デザイン　ムシカゴグラフィクス　百足屋ユウコ
写植・製版　株式会社ワイズファクトリー
印　刷　凸版印刷株式会社

定価はカバーに表示してあります。

い4
2-1
1084

ISBN978-4-04-727664-2

耳刈ネルリシリーズ

耳刈ネルリ御入学万歳万歳万々歳／耳刈ネルリと奪われた七人の花婿／耳刈ネルリと十一人の一年十一組

著者／石川博品
イラスト／うき

大爆笑の学園妄想エンタ登場！

レイチが入学した八高一年十一組には、ナチュラルボーン勝ち組のサンガさん一家や、ちょっぴり危険な美少女○▽◇頭巾《ずきん》トリオ、そして耳刈《みみかり》ネルリの末裔《まつえい》（とそのおともたち）なんてヘヴィーな連中が勢ぞろい！　レイチの高校生活はどうなる――!?　えんため大賞優秀賞受賞作!!

ファミ通文庫　発行／エンターブレイン

犬とハサミは使いよう Dog Ears 1

著者／更伊俊介
イラスト／鍋島テツヒロ

犬と人とのデンジャラスな日常!!

強盗に殺され犬になって蘇った俺。紆余曲折の末、今は夏野《なつの》の飼い犬として、読書三昧な日々なのだが——忽然と消えた夏野のブラジャー。え、ブラ？　覆うほど胸は無いよね……って探すの手伝うからハサミやめて!!　『犬も鳴かずば撃たれまい』等、６本を収録の短編集第１弾！

ファミ通文庫

発行／エンターブレイン